Scherz Krimi

Spannung mit Niveau

W0287196

Von Rex Stout sind lieferbar:

Heikle Gäste
Tod in zwei Raten
Verworrene Fäden
Verwünschte Geschichten
Die zerbrochene Vase

Rex Stout

Tod in zwei Raten

Scherz
Bern – München – Wien

Einzig berechtigte Übertragung aus dem Amerikanischen
von Astrid Stange
Titel des Originals: »A Window for Death«
»Bullet for One«
Schutzumschlag von Heinz Looser
Foto: Thomas Cugini

4. Auflage 1983, ISBN 3-502-50758-9
Copyright © 1965 by Scherz Verlag
Gesamtdeutsche Rechte beim Scherz Verlag Bern und München
Gesamtherstellung: Ebner Ulm

Das Fenster für den Tod

1

Nero Wolfe thronte hinter seinem Schreibtisch und starrte den Besucher im roten Ledersessel finster an. Ich hatte mich in meinem Drehstuhl mit dem Rücken zu meinem Schreibtisch gedreht und war mit gezücktem Notizblock startbereit. Das Starren ersparte ich mir.
Wolfes Starren beruhte zum Teil auf allgemeinen Prinzipien, noch mehr allerdings darauf, daß sich David R. Fyfe nicht telefonisch angemeldet hatte. Man sollte meinen, das spiele keine Rolle. Denn: Da lag das Büro im ersten Stock des alten Sandsteinhauses in der 35. Straße. Da saß Nero Wolfe in seinem geliebten Mammutsessel und schärfte sein Federmesser an dem alten Wetzstein, den er in einer Schublade aufbewahrte. Da hockte ich, Archie Goodwin, begierig danach, mein Brot zu verdienen, indem ich jeder seiner kleinsten Launen innerhalb der Grenzen der Vernunft nachkam. Da wirkte Fritz Brenner in der Küche und bereitete den Lunch zu, immer auf dem Sprung, uns Bier zu bringen, wenn der Summer einmal kurz und einmal lang ertönte. Da pflegte Theodore Horstmann in den Gewächshäusern oben auf dem Dach die zehntausend Orchideen. Und da in dem roten Ledersessel saß ein Bursche, der einen Detektiv beauftragen wollte, sonst wäre er wohl nicht zu uns gekommen. Ohne ihn, oder andere wie ihn, wären Fritz, Theodore und ich auf Stellungssuche, und nur Gott weiß, was Wolfe dann tun würde. Dennoch starrte Wolfe ihn an. Der Klient in spe hätte sich telefonisch anmelden sollen.
Er kauerte auf der äußersten Kante des roten Ledersessels, ohne sich anzulehnen, seine schmalen Schultern nach vorn geneigt. Sein blasses, schmales Gesicht wirkte mitgenommen. Ich hätte sein Alter auf fünfzig geschätzt, aber die meisten Leute wirken älter als sie sind, wenn die Umstände sie zu einem Privatdetektiv treiben. Nachdem er seinen Namen, seine Adresse und seinen Beruf angegeben hatte – er war Direktor des englischen Zweigs des Audubon-Gymnasiums in der Bronx –, erklärte er mit müder, behutsamer Stimme, daß er Wolfe bitten möchte, eine vertrauliche Familienangelegenheit zu untersuchen.
»Ehegeschichten?« Wolfe stieß einen Laut aus, der seinem Stieren

nicht nachstand.
»Nein.« Er schüttelte den Kopf. »Keine Eheangelegenheit. Ich bin Witwer, mit zwei Kindern auf der Oberschule. Es handelt sich um meinen Bruder Bertram – seinen Tod. Er starb Samstag nacht an Lungenentzündung. Es wird – ich muß das näher erklären.«
Wolfe warf mir einen Blick zu, und ich erwiderte ihn. Wenn er Fyfe erklären ließe, bedeutete das vielleicht Arbeit. Und Wolfe haßte Arbeit, besonders, wenn der Bankauszug rosig aussah. Aber ich preßte ein wenig die Lippen zusammen, als ich seinem Blick begegnete, und er seufzte und wandte sich wieder an den Klienten. »Tun Sie das«, murrte er.
Fyfe begann, und ich schrieb es nieder. Sein Bruder Bertram war nach einer Abwesenheit von zwanzig Jahren plötzlich vor einem Monat unangemeldet in New York aufgetaucht, hatte eine Apartmentwohnung im Churchill-Towers-Hotel genommen und sich mit seiner Familie in Verbindung gesetzt – mit seinem älteren Bruder David, der jetzt die Geschichte erzählte, mit seinem jüngeren Bruder Paul und seiner Schwester Louise, der jetzigen Mrs. Vincent Tuttle. Sie alle waren sehr froh gewesen, ihn nach so vielen Jahren wiederzusehen, einschließlich Tuttles, des Schwagers und sie waren auch sehr erfreut gewesen, als sie hörten, daß er das große Los gewonnen hatte – dies war nicht Davids Ausdruck, er nannte es eine Goldgrube –, als er auf eine vier Meilen lange Erzader mit Uran in der Nähe eines Ortes namens Black Elbow in Kanada gestoßen war. Es ist immer eine frohe Nachricht, wenn ein Familienmitglied Erfolg gehabt hat.
Sie hatten Bertram also willkommen geheißen, ihren Bruder Bert, und mit ihm einen jungen Mann namens Johnny Arrow, der ihn von Kanada her begleitet hatte und mit ihm zusammen in der Churchill-Towers-Wohnung lebte. Bert hatte sich recht brüderlich benommen und Anteil an alten Erinnerungen und Beziehungen genommen. Er hatte sich sogar an Paul, der Makler war, wegen des Verkaufs eines alten Hauses in Mount Kisco, in dem sie alle geboren waren und ihre Kindheit verbracht hatten, gewandt. Offensichtlich war Bert in den Schoß der Familie zurückgekehrt. Vor zehn Tagen hatte er sie eingeladen, mit ihm am Samstag zu Abend zu essen und anschließend ein Theater zu besuchen, aber am Donnerstag hatte er sich mit Lungenentzündung zu Bett gelegt. Er weigerte sich, ins Krankenhaus zu gehen, und bestand darauf, daß alle ins Churchill zum Dinner kommen sollten und auch die Theaterkarten benutzen sollten. So versammelten sie

sich in seiner Apartmentwohnung am späten Samstag nachmittag und führten das Programm aus. Nach der Vorstellung kehrten sie zu einem kleinen Champagner-Imbiß in die Wohnung zurück. Das heißt, vier von ihnen kehrten zurück – Schwester Louise und ihr Mann, Johnny Arrow aus Kanada und Bruder David selbst. Der jüngere Bruder Paul hatte darauf bestanden, daß Bert nicht mit der Pflegerin alleingelassen werden sollte und war in der Wohnung zurückgeblieben. Als die vier heimkehrten, fanden sie eine peinliche Situation vor. Paul war verschwunden, und die Pflegerin hatte eine zerrissene Uniform und Male an ihrem Hals, an Wangen und Handgelenken. Sie hatte den Arzt angerufen und um ihre Ablösung gebeten. Sie beabsichtigte, sofort zu gehen, sobald ihre Vertretung da sei. Schwester Louise nahm einige ihrer Bemerkungen übel auf und befahl der Schwester, auf der Stelle zu gehen, was diese auch tat. Louise telefonierte mit dem Arzt und erklärte, daß sie bei ihrem Bruder bleiben würde, bis eine andere Pflegerin käme. Johnny Arrow machte sich davon und ließ nun David, Louise und ihren Mann Vincent Tuttle auf dem Schauplatz zurück; und nachdem David Bert auf seinem Krankenlager betrachtet und festgestellt hatte, daß Bert fest unter der Wirkung des Morphiums schlief, das ihm die Schwester auf Verordnung des Arztes verabreicht hatte, machte er sich auf den Heimweg.
Louise und Tuttle richteten sich für die Nacht in dem Zimmer ein, das wohl Johnny Arrow gehörte, waren jedoch noch nicht ganz eingeschlafen, als ein Summen Tuttle an die Wohnungstür rief, wo Paul auf der Schwelle stand. Paul erzählte, daß er von Johnny Arrow unten in der Bar angegriffen worden sei, und zeigte eine Anzahl Quetschungen als Beweis vor. Arrow war von zwei Polizisten abgeführt worden. Paul glaubte, daß sein Kiefer gebrochen sei und möglicherweise auch noch ein paar Rippen. Er fühlte sich außerstande, nach Hause nach Mount Kisco zu fahren. So bereiteten sie ihm auf der Couch im Wohnzimmer eine Lagerstatt, und innerhalb von dreißig Sekunden begann er fest zu schnarchen. Nach einem weiteren Blick in Berts Zimmer legten sich auch Louise und Tuttle wieder zu Bett. Gegen sechs Uhr früh wurden sie von Paul geweckt. Er war von der Couch gerollt und deshalb aufgewacht, hatte nach Bert sehen wollen und ihn tot vorgefunden. Sie telefonierten sofort mit dem Pförtner, damit er einen Arzt holte, denn Bert hatte auf dem alten Hausarzt bestanden, den er von seiner Kindheit her noch kannte, aber sie wollte

nicht darauf warten, bis dieser aus Mount Kisco in die Stadt gelangte. Natürlich riefen sie ihn gleichfalls an, und er kam auch später.

Wolfe wurde nervös. Seine Unruhe äußerte sich dadurch, daß er mit einer Fingerspitze Kreise in der Größe eines Zehncentstücks auf seine Sessellehne malte. »Ich hoffe«, brummelte er, »daß beide Ärzte jetzt Ihren Besuch bei mir und diese lange Erzählung rechtfertigen können. Oder zumindest einer von ihnen.«

»Nein, Sir«, David Fyfe schüttelte den Kopf. »Sie fanden alles in Ordnung. Mein Bruder starb an Lungenentzündung. Dr. Buhl – der Arzt aus Mount Kisco, Dr. Frederick Buhl – unterschrieb den Totenschein, und mein Bruder wurde Montag, also gestern, in der Familiengruft beigesetzt. Natürlich war, da die Schwester ihren Patienten so plötzlich im Stich gelassen hatte, die Lage ein wenig – hm, peinlich, doch kamen keine ernsthaften Zweifel auf.«

»Was, zum Teufel, wollen Sie dann von mir?«

»Das will ich Ihnen gerade auseinandersetzen.« Fyfe räusperte sich, und als er fortfuhr, klang seine Stimme noch rücksichtsvoller als zuvor. »Nach der gestrigen Bestattung bat uns dieser Bursche Arrow, heute morgen um elf Uhr in der Apartmentwohnung zu erscheinen, um der Testamentseröffnung beizuwohnen. Natürlich kamen wir. Louise brachte ihren Mann mit. Ein Rechtsanwalt war da, ein Mann namens McNeil, der von Montreal mit dem Flugzeug gekommen war, und er hatte das Testament mitgebracht. Es war mit den üblichen rechtlichen Floskeln verbrämt, aber im wesentlichen besagte es, daß Bert sein gesamtes Vermögen Paul, Louise und mir vermachte und diesen Mann Arrow zum Testamentsvollstrecker ernannte. Die Höhe des Vermögens wurde nicht genannt, doch Berts Erzählungen nach hatte ich die Uranerzader auf mehr als fünf Millionen Dollar geschätzt, möglicherweise auf das Doppelte.«

Wolfes Nervosität legte sich.

»Dann«, fuhr Fyfe fort, »holte der Rechtsanwalt ein weiteres Schriftstück aus seiner Aktentasche. Er sagte, es handle sich um die Kopie eines Vertrages zwischen Bertram Fyfe und Johnny Arrow, den er, der Rechtsanwalt, vor einem Jahr aufgesetzt habe. Er las es vor. Es enthielt eine Einleitung über die gemeinsamen fünfjährigen Uranschürfungen der beiden und ihre gemeinschaftliche Entdeckung der Black-Elbow-Erzader. Doch der Kernpunkt war, daß beim eventuellen Tod des einen der gesamte Besitz an den Überlebenden fallen sollte, einschließlich aller Güter, die der Ver-

storbene durch sein Einkommen aus dem Besitz der Mine erworben hatte. Ich habe Ihnen nicht den Wortlaut wiedergegeben, es klang alles sehr juristisch, aber das war jedenfalls der Sinn. Danach ergriff Johnny Arrow das Wort. Er erklärte, daß Bert nichts besessen hätte, das nicht mit dem Einkommen aus der Black-Elbow-Grube erworben worden sei, und daß deshalb alles jetzt in sein Eigentum übergegangen sei, einschließlich der beträchtlichen Bankguthaben in Kanada. Doch habe sich Bert, als er nach New York kam, etwa dreißig- oder vierzigtausend Dollar auf eine New Yorker Bank überweisen lassen, und er, Arrow, beabsichtige nicht, den Rest davon zu beanspruchen. Das wäre die Erbmasse, und wir könnten sie haben.«
David Fyfe machte eine verzagte kleine Geste.
»Dieser Arrow ist großzügig, dachte ich, da er auch dieses Geld hätte beanspruchen können. Wir stellten dem Rechtsanwalt einige Fragen, brachen dann auf und begaben uns in ein Restaurant zum Lunch. Paul war fürchterlich wütend. Mein Bruder Paul ist impulsiv. Er wollte zur Polizei gehen und aussagen, daß Bert unter verdächtigen Umständen gestorben sei, und sie um eine Untersuchung bitten. Seine Theorie bestand darin, daß Arrow beobachtet habe, wie Bert sich mit seiner Familie aussöhnte, und Angst hatte, Bert könne uns größere Geschenke machen, möglicherweise sogar Anteile an dem Minenbesitz an uns abtreten. Arrow hätte dann diese Anteile nicht mehr beanspruchen können, wenn Bert vor ihm sterben sollte. Deshalb beschloß Arrow, daß Bert jetzt sterben müsse. Vincent Tuttle, der Mann meiner Schwester, wandte ein, daß, selbst wenn die Theorie nicht von der Hand zu weisen sei, Arrow nicht danach gehandelt haben könnte, da zwei achtbare Ärzte sich einig waren, daß Bert an Lungenentzündung gestorben war. Louise und ich pflichteten ihm bei. Aber Paul war hartnäckig. Er spielte darauf an, daß er etwas wußte, was wir nicht wußten. Aber er hatte schon immer eine Vorliebe für Geheimnistuerei. Er blieb dabei, daß wir zur Polizei gehen sollten, und wir stritten hin und her, und schließlich schlug ich eine Kompromißlösung vor. Ich regte an, daß ich Nero Wolfe mit einer Untersuchung beauftragen sollte. Würde Nero Wolfe dabei etwas entdecken, das polizeiliche Ermittlungen rechtfertigen könnte, würden wir uns Paul anschließen. Andernfalls sollte Paul die Sache vergessen. Paul willigte ein und erklärte sich bereit, Ihre Entscheidung anzunehmen. Deshalb bin ich also zu Ihnen gekommen. Ich weiß, daß Ihre Honorare hoch sind, aber dieser Fall

verlangt keine mühevolle Arbeit ... äh, ich meine, er wird schon nicht so schwierig sein. Es ist doch ein ziemlich einfaches Problem, nicht wahr?«

Wolfe grunzte. »Könnte sein. Es ist keine Leichenschau abgehalten worden?«

»Nein, nein. Um Himmels willen, nein.«

»Das hätte der erste Schritt sein sollen, aber jetzt ist es dazu zu spät, ohne die Hilfe der Polizei zu beanspruchen. Vor der Bestattung hätte eine Obduktion zur Befriedigung medizinischer Neugierde vorgenommen werden können, aber die Exhumierung erfordert natürlich eine richterliche Vollmacht. Wenn ich Sie richtig verstehe, wollen Sie, daß ich Ermittlungen in dieser Sache anstelle und zu einer Entscheidung gelange, ohne die Aufmerksamkeit der Polizei auf den Fall zu lenken.«

Fyfe nickte nachdrücklich. »Das stimmt. Das stimmt haargenau. Wir wollen keinen Skandal ... keinerlei Gerüchte ... «

»Das wollen die Leute nie«, bemerkte Wolfe trocken. »Aber Ihr Auftrag könnte einen Skandal hervorrufen. Sie verstehen natürlich, daß es – falls ich Beweise für eine Gaunerei finden sollte – nicht mehr in Ihrem Belieben steht, dies zu verbergen oder zu enthüllen. Ich will mich nicht verpflichten, Gründe für einen Mordverdacht zu verheimlichen, falls ich sie finde. Sollte meine Untersuchung zu der begründeten Annahme führen, daß Sie selbst das Verbrechen begangen haben, so steht es mir frei, zu handeln, wie es mir richtig erscheint.«

»Natürlich.« Fyfe bemühte sich mit ziemlichem Erfolg um ein Lächeln. »Nur weiß ich, daß ich kein Verbrechen begangen habe, und bezweifle, daß es sonst jemand tat. Mein Bruder Paul ist ein wenig stürmisch. Sie müssen ihn selbstverständlich kennenlernen, und er möchte Sie auch sprechen.«

»Ich muß mit allen sprechen.« Wolfes Ton war grämlich. Schon wieder Arbeit. Er griff nach dem rettenden Strohhalm. »Aber unter den gegebenen Umständen muß ich um einen Vorschuß als Zeichen Ihres Vertrauens bitten. Sagen wir ein Scheck über tausend Dollar?«

Das war kein schlechter Abschreckungsversuch, da der Direktor einer Oberschule mit zwei unmündigen Kindern wahrscheinlich keine Tausenddollarscheine lose herumliegen hatte und der Auftrag somit nicht zustande kam. Aber Fyfe versuchte nicht einmal zu feilschen. Er schluckte und schluckte noch einmal, nachdem er sein Scheckbuch und seinen Füllhalter hervorgeholt hatte, einen

Scheck ausfüllte und seinen Namen daruntersetzte. Ich stand auf, nahm den Scheck, und reichte ihn Wolfe.
»Es ist ein bißchen hart«, stellte Fyfe fest, »aber es ist nicht zu ändern. Es ist die einzige Möglichkeit, Paul zufriedenzustellen. Wann wollen Sie mit ihm sprechen?«
Wolfe warf einen Blick auf den Scheck und schob ihn unter seinen Briefbeschwerer, einen versteinerten Holzklotz, den einstmals ein Mann namens Duggan benutzt hatte, um den Schädel seiner Frau einzuschlagen. Er blickte auf die Wanduhr; in zwanzig Minuten würde es vier Uhr sein, Zeit für seine Nachmittagsschicht in den Gewächshäusern.
»Zuerst«, erklärte er seinem Klienten, »muß ich mit Dr. Buhl sprechen. Können Sie dafür sorgen, daß er um sechs Uhr hier ist?«
David Fyfes Blick drückte Zweifel aus. »Ich kann es ja mal versuchen. Dr. Buhl müßte sich von Mount Kisco bis hierher bemühen, und er ist ein sehr beschäftigter Mann. Können Sie ihn nicht übergehen? Er bestätigte den Tod.«
»Es ist unmöglich, ihn zu übergehen. Ich muß mit ihm sprechen, ehe ich mich um die anderen kümmere. Wenn er um sechs Uhr hier sein kann, treffen Sie für die anderen eine Verabredung für halb sieben. Für Ihren Bruder und Ihre Schwester und Mr. Tuttle und Mr. Arrow.«
Fyfe erstarrte. »Guter Gott«, protestierte er, »nicht Arrow! Außerdem würde er sowieso nicht kommen.« Er schüttelte nachdrücklich den Kopf. »Nein, ich kann ihn nicht fragen.«
Wolfe zuckte mit den Schultern. »Dann übernehme ich das. Und es wäre besser . . . Richtig. Unsere Unterhaltung könnte sich sehr in die Länge ziehen, und ich esse um halb acht zu Abend. Wenn Sie dafür sorgen können, daß Dr. Buhl um neun Uhr hier ist, dann bestellen Sie die anderen für halb zehn Uhr zu mir. Damit haben wir die ganze Nacht zur Verfügung, falls wir sie brauchen. Natürlich gibt es mehrere Punkte, Mr. Fyfe, die ich jetzt noch mit Ihnen klären könnte – zum Beispiel die peinliche Situation, die Sie vorfanden, als Sie nach dem Theaterbesuch in das Apartment zurückkamen; und die Versöhnung Ihres Bruders Bertram mit seiner Familie –, aber ich habe jetzt eine Verabredung. Und außerdem können wir diese Punkte ja heute abend ausführlicher besprechen. Für den Augenblick genügt es, wenn Sie Mr. Goodwin freundlicherweise die Adressen und Telefonnummern aller Beteiligten angeben.« Nero schob seinen ungeheuren Wanst in seinem Sessel vor, griff nach dem Federmesser und fing wieder

an, es auf dem Wetzstein zu schleifen. Er hatte mit dieser Arbeit begonnen, und er beabsichtigte, sie, allen zum Trotz, jetzt auch zu beenden.
»Ich habe die Lage geschildert«, sagte Fyfe in schärferem Ton. »Ich ließ durchblicken, daß Paul in der Wohnung zurückgeblieben war, um sich der Pflegerin zu nähern. Ich mißbillige seine Art, mit Frauen umzugehen, aufs äußerste. Aber ich habe ja schon gesagt, daß er ungestüm ist.«
Wolfe strich zart mit seinem Daumen über die Schneide des Messers.
»Was soll die Bemerkung über die Versöhnung bedeuten?« fragte Fyfe.
»Nur, daß Sie diesen Ausdruck gebraucht haben.« Wolfe wetzte schon wieder sein Messer. »Warum bedurfte es einer Versöhnung? Dieser Punkt mag unwesentlich sein, aber das sind ja die meisten Punkte, die bei einer Untersuchung angeschnitten werden. Es hat auf jeden Fall Zeit bis heute abend.«
Fyfe runzelte die Stirn. »Es ist eine alte Wunde«, sagte er mit müder Stimme. »Der Punkt ist vielleicht gar nicht so unwesentlich, denn er könnte Pauls Haltung erklären. Ich nehme an, daß wir bei jeder Andeutung eines Skandals überempfindlich reagieren. Lungenentzündung ist ein heikles Thema für uns. Mein Vater starb vor zwanzig Jahren an Lungenentzündung, aber die Polizei nahm an, daß er ermordet wurde. Und nicht nur die Polizei. Er lag in einem Schlafzimmer im Parterre unseres Hauses in Mount Kisco, es war Januar, und in einer stürmischen, eiskalten Nacht öffnete jemand zwei Fenster und ließ sie weit offen. Ich fand ihn tot um fünf Uhr früh. Der Schnee lag fast einen halben Meter hoch auf dem Fußboden. Und auch auf dem Bett lag Schnee. Meine Schwester Louise, die meinen Vater in jener Nacht betreute, schlief fest auf einer Couch im Nebenzimmer. Es wurde vermutet, daß der heiße Kakao, den sie um Mitternacht zu sich genommen hatte, ein Schlafmittel enthielt, aber das konnte nicht bewiesen werden. Die Fenster waren nicht verriegelt und hätten ebenso von außen geöffnet werden können – tatsächlich wurden sie das wohl auch. Mein Vater war bei einigen seiner Maklergeschäfte sehr gerissen vorgegangen, und es gab Leute in der Gemeinde, die – hm – die ihn nicht mochten.«
Fyfe wiederholte die bescheidene kleine Handbewegung.
»Verstehen Sie, da liegt also die Zufälligkeit. Unglücklicherweise hatte mein Bruder Bert – er war damals erst zweiundzwanzig –

sich mit meinem Vater gestritten und lebte nicht zu Hause. Er wohnte in einem Gasthaus, das eine Meile entfernt war und arbeitete in einer Garage. Die Polizei glaubte, genug Beweise gegen ihn zu haben, um ihn wegen Mordes verhaften und vor Gericht bringen zu können. Aber die Beweise waren keinesfalls eindeutig, und er wurde freigesprochen. Auf jeden Fall hatte er ein Alibi. In jener Nacht hatte er bis zwei Uhr mit einem Freund Karten gespielt – mit Vincent Tuttle nämlich, der später meine Schwester heiratete –, in Tuttles Zimmer in dem Gasthaus. Kurz nach zwei Uhr hatte es aufgehört zu schneien. Die Fenster mußten aber geraume Zeit vor dem Ende des Schneefalls geöffnet worden sein. Bert nahm uns manches übel, was wir als Zeugen vor Gericht ausgesagt hatten – ich meine Paul, Louise und ich –, obgleich wir lediglich die Wahrheit sagten; zum Beispiel über Berts Streit mit Vater. Alle Leute wußten davon. Am Tag nach seinem Freispruch verließ Bert die Stadt, und wir hörten nichts mehr von ihm, nicht ein Wort in zwanzig Jahren. Deshalb gebrauchte ich den Ausdruck ›versöhnt‹.«

Wolfe hatte das Federmesser wieder in die Tasche gesteckt und legte den Wetzstein in die Schublade.

»Eigentlich«, sagte Fyfe, »hat Arrow unrecht, wenn er meint, daß Bert nichts besaß, das nicht aus dem Einkommen der Erzmine stammt. Bert hatte nie seinen Anspruch auf das Erbe unseres Vaters geltend gemacht. Man konnte ihn nicht finden, und wir haben uns nie um die Verteilung gekümmert. Sein Anteil belief sich auf ungefähr sechzigtausend Dollar und beträgt inzwischen mehr als doppelt soviel. Er wird jetzt natürlich zwischen Paul, Louise und mir aufgeteilt, aber ich habe eigentlich keine Freude daran. Ich kann ganz offen sagen, Mr. Wolfe, daß ich Berts Rückkehr bedauerte. Sie riß wieder eine alte Wunde auf, und jetzt – sein Tod –, wie es dazu kam, und Paul, der sich so aufführt . . . «

Es war eine Minute vor vier Uhr. Wolfe schob seinen Stuhl zurück und stand auf. »Ja, in der Tat, Mr. Fyfe«, stimmte er zu. »Ein Ärgernis zu Lebzeiten und ein Betrübnis im Tod. Bitte geben Sie Mr. Goodwin die nötigen Einzelheiten, und rufen Sie uns an, wenn Sie die Vorbereitungen für heute abend getroffen haben.« Er steuerte auf die Tür zu.

2

Ein wenig in der Vergangenheit herumzustochern ist oft eine Hilfe, selbst in Fällen, die es – oberflächlich betrachtet – nicht erfordern. Nachdem sich Fyfe verabschiedet hatte, führte ich einige Telefongespräche mit verschiedenen Stellen und erzielte eine mäßige Ernte nutzloser Auskünfte. David übte an der Audubon-Oberschule seit zwölf Jahren ein Lehramt aus und war seit vier Jahren Direktor der Schule. Pauls Maklerbüro in Mount Kisco war zwar keine Goldgrube, aber offenbar kreditwürdig. Vincent Tuttles Drugstore, ebenfalls in Mount Kisco beheimatet, gehörte ihm selbst und florierte offensichtlich. David hatte weder Adresse noch Telefonnummer der Pflegerin, Anne Goren, angegeben, und Wolfe wollte doch die ganze Gesellschaft haben. Ich fand beides im Telefonverzeichnis von Manhattan. Anne Goren war als staatlich anerkannte Pflegerin registriert. Die beiden ersten Male, als ich ihre Nummer wählte, ertönte das Besetztzeichen, und die nächsten drei Male erhielt ich überhaupt keine Antwort. Auch Johnny Arrow konnte ich nicht erreichen. Anrufe für die Churchill-Towers-Apartments laufen über die Zentrale des Churchill-Hotels, und ich hinterließ die Nachricht, daß Johnny Arrow uns anrufen solle. Schließlich, als Fritz schon zum Abendessen rief, bekam ich Tim Evarts an die Strippe, den stellvertretenden Hausdetektiv vom Churchill-Hotel, und stellte ihm ein paar diskrete Fragen. Die Antworten waren sowohl pro als auch contra Johnny Arrow. Pro: Die Miete des Luxusapartments in den Towers wurde bezahlt, und das Personal der Bar und des Restaurants mochte Johnny gern, besonders seine Trinkgelder. Contra: Arrow hatte Samstag nacht in der Bar eine Rauferei mit einem Burschen angezettelt, auf ihn fortgesetzt und hartnäckig eingeschlagen und war dann von Polizeibeamten abgeführt worden. Tim meinte, vom sportlichen Gesichtspunkt aus wäre es eine vorzügliche Darbietung gewesen, aber die Churchill-Bar wäre nicht der richtige Platz dafür.

Fyfe hatte telefonisch mitgeteilt, daß alle Vorkehrungen getroffen worden waren. Um neun Uhr, als Dr. Frederick Buhl eintraf, waren Wolfe und ich im Eßzimmer gerade fertig geworden – wir hatten ungefähr vier Pfund Lachssalat nach Wolfes eigenem Rezept verkraftet – und saßen nun wieder im Büro. Die Türglocke rief mich in den Flur, und als ich die Außenbeleuchtung einschaltete und durch das Guckloch in der Tür spähte, erlebte ich gleich eine doppelte Überraschung. Dr. Buhl, wenn er es war, war kein zittriger alter Bauernquacksalber, sondern ein aufrechter, grauhaariger, gutgekleideter würdiger Herr. Und neben ihm stand ein junges weibliches Wesen, deren Vorzüge für sich selbst sprachen und selbst bei einem flüchtigen Blick sogleich ins Auge sprangen. Ich öffnete die Tür. Der Mann trat zur Seite, um seine Begleiterin eintreten zu lassen, folgte dann und sagte, daß er Dr. Buhl sei und eine Verabredung mit Nero Wolfe hätte. Kein Hut bedeckte seinen würdigen grauen Haarschopf, der Garderobenständer ging leer aus, und deswegen führte ich beide den Flur entlang ins Büro. Drinnen blieb Dr. Buhl stehen und sah sich um, ging dann auf Nero Wolfes Schreibtisch zu und stellte sich sehr reserviert vor: »Ich bin Frederick Buhl. David Fyfe bat mich, hierherzukommen. Was bedeutet dieser ganze Unfug?«

»Ich weiß es nicht«, nuschelte Wolfe. Er pflegt seine Stimme nach den Mahlzeiten immer auf niedrigste Lautstärke einzustellen. »Man hat mich beauftragt, mich damit zu beschäftigen. Setzen Sie sich doch, Sir. Und die junge Dame?«

»Sie ist die Pflegerin, Miss Anne Goren. Setzen Sie sich, Anne.« Sie saß bereits auf einem Stuhl, den ich ihr zurechtgerückt hatte. Ich revidierte ein wenig meine Ansicht über Paul Fyfe. Wahrscheinlich war er zu ungestüm vorgegangen, aber die Versuchung war auf jeden Fall beträchtlich gewesen. Und die Male an ihrem Hals, an den Wangen und Handgelenken mußten nur sehr oberflächlich gewesen sein, da keine Spuren sichtbar waren. Außerdem ist eine Schwesterntracht bestimmt viel herausfordernder als das geblümte Baumwollkleid, das sie gerade trug, zusammen mit einem passenden Bolerojäckchen. Selbst in dem Baumwollkleid hätte ich sie – aber lassen wir das. Sie war dienstlich hier. Sie dankte mir kühl für den Stuhl, ohne zu lächeln.

Dr. Buhl in dem roten Sessel erkundigte sich: »Nun, worum geht es?«

»Hat Ihnen Mr. Fyfe denn nichts erzählt?« nuschelte Wolfe.

»Er sagte, daß Paul etwas Verdächtiges hinter Berts Tod argwöhnt und deshalb zur Polizei gehen wollte. David, Louise und Vincent Tuttle hatten ihm das nicht ausreden können und waren schließlich übereingekommen, Sie mit der Untersuchung zu beauftragen und Ihre Entscheidung anzunehmen. Er, David, habe mit Ihnen gesprochen, und Sie hätten darauf bestanden, mich zu sehen. Ich halte das für völlig überflüssig. Ich bin ein angesehener Arzt, und ich habe einen Totenschein unterschrieben.«

»Das habe ich vernommen«, murmelte Wolfe. »Aber wenn meine Entscheidung endgültig sein soll, muß sie auch wohlbegründet sein. Ich habe mit keinem Gedanken die Richtigkeit des von Ihnen ausgestellten Totenscheins bezweifelt. Aber es gibt da ein paar Fragen. Wann sahen Sie Bertram Fyfe zuletzt lebend?«

»Samstag abend. Ich war eine halbe Stunde bei ihm und ging um zwanzig Minuten nach sieben. Die anderen waren auch da und aßen im Wohnzimmer zu Abend. Er hatte sich geweigert, ins Krankenhaus zu gehen. Ich hatte ihn unter ein Sauerstoffzelt gelegt, er stieß es aber immer wieder fort. Er wollte es nicht haben. Ich konnte ihn nicht dazu überreden, darunter zu bleiben, und Miss Goren auch nicht. Er litt beträchtliche Schmerzen, das sagte er wenigstens, aber seine Temperatur war kaum erhöht. Er war ein sehr schwieriger Patient. Er konnte nicht schlafen, und ich trug der Schwester auf, ihm ein Viertelgran Morphium zu verabreichen, sobald die Gäste gegangen waren, und, falls es noch nicht wirken sollte, später noch ein Viertelgran. Die Nacht zuvor hatte er ein halbes Gran erhalten.«

»Dann fuhren Sie nach Mount Kisco zurück?«

»Ja.«

»Dachten Sie daran, daß er in jener Nacht sterben könnte?«

»Natürlich nicht.«

»Waren Sie nicht überrascht, als Sie am Sonntag morgen von seinem Tod erfuhren?«

»Gewiß war ich das.« Buhl preßte seine Handflächen fest gegen die Stuhllehnen. »Mr. Wolfe, ich lasse mir dieses Verhör nur David Fyfe zuliebe gefallen. Sie ermüden mich. Ich praktiziere nunmehr seit mehr als dreißig Jahren, und mehr als die Hälfte meiner Patienten hat mich auf die eine oder andere Weise überrascht; durch zu vieles oder zu weniges Bluten, durch Hautausschlag nach einer Tablette Aspirin, durch wenig Temperatur bei hohem Pulsschlag, durch Am-Leben-Bleiben, wenn sie zum Tode verdammt schienen, und durch Sterben, wenn sie leben sollten. Das sind Erfahrungen, die jeder praktische Arzt macht. Ja, Bertram Fyfes Tod kam überraschend, aber er war keineswegs ohne Beispiel. Ich untersuchte die Leiche mit großer Sorgfalt, einige Stunden nach Eintritt des Todes, und fand nicht das geringste, was mich an der Todesursache zweifeln ließ. Deshalb stellte ich den Totenschein aus.«

»Warum untersuchten Sie dann die Leiche mit so großer Sorgfalt?« Wolfe nuschelte immer noch.

»Weil die Pflegerin den Verstorbenen mitten in der Nacht verlassen hatte – gezwungen wurde, ihn zu verlassen –, und es mir nicht gelungen war, eine Stellvertreterin zu bekommen. Ich hätte günstigstenfalls jemanden am nächsten Tag beschaffen können. Unter den Umständen hielt ich es für besser, eine gründliche Untersuchung vor der Ausstellung des Totenscheins vorzunehmen.«
»Und für Sie steht es außer allem Zweifel, daß Lungenentzündung die Todesursache war? Lungenentzündung ohne Begleitumstände?«
»Nein, natürlich nicht. Außer allem Zweifel ist in meinem Beruf eine Seltenheit, Mr. Wolfe. Aber ich war überzeugt, daß es korrekt war, den Totenschein auszustellen. Alle erkennbaren Symptome deuteten darauf hin, daß Bertram Fyfe – in der Laiensprache ausgedrückt – an einer Lungenentzündung gestorben war. Ich bin nicht spitzfindig. Vor langer Zeit starb einer meiner Patienten an Lungenentzündung, aber es war damals eine kalte Winternacht, und jemand hatte die Fenster seines Zimmers geöffnet und den Schneesturm eindringen lassen. Aber diesmal war es eine heiße Sommernacht, und die Fenster waren geschlossen. In der Wohnung befand sich eine Klimaanlage, und ich hatte die Pflegerin angewiesen, den Regler auf eine Zimmertemperatur von 25 Grad Celsius einzuschalten. Ein Patient, der an Lungenentzündung leidet, braucht Wärme. Die Pflegerin hat sich daran gehalten. In dem Fall, den ich zuerst beschrieb, waren die geöffneten Fenster sicher ein zusätzlicher Faktor; aber in diesem Fall gab es keinen Anhaltspunkt für einen solchen Umstand.«
Wolfe nickte beifällig. »Sie haben den Punkt bewundernswürdig aufgeklärt, Doktor, aber Sie haben ein weiteres Problem aufgeworfen: die Klimaanlage. Was ist, wenn jemand nach dem Fortgang der Pflegerin den Regler auf die niedrigste Stufe einstellte? Konnte damit das Zimmer so weit ausgekühlt werden, daß Ihr Patient starb, obgleich Sie erwarteten, daß er am Leben bliebe?«
»Ich würde das verneinen. Ich erwog diese Möglichkeit. Mr. und Mrs. Tuttle haben mir versichert, daß sie den Regler nicht angefaßt haben und daß die Zimmertemperatur gleichmäßig blieb. Und überhaupt hätte die Klimaanlage in einer so schwülen Nacht die Luft nicht in einem solchen Maße abkühlen können. Ich wollte mir auch in diesem Punkt meine eigene Meinung bilden. Da ja keine Pflegerin mehr für den Patienten sorgte, vereinbarte ich mit dem Hotel, die Zimmertemperatur Samstag nacht zu überwachen. Nachdem der Regler sechs Stunden lang auf seiner niedrigsten

Stufe gestanden hatte, herrschte dort eine Temperatur von 16 Grad Celsius – zu niedrig für einen Patienten mit Lungenentzündung, selbst wenn er gut zugedeckt ist, aber keineswegs tödlich.«
»Ich verstehe«, murmelte Wolfe, »Sie verließen sich nicht ausschließlich auf die Versicherung von Mr. und Mrs. Tuttle.«
Buhl lächelte. »Ist das ganz fair? Ich verließ mich auf die Angaben der beiden, wie Sie sich auf meine verlassen. Ich wollte nur gründlich sein. Ich bin von Natur aus gründlich.«
»Eine ausgezeichnete Eigenschaft. Ich besitze sie ebenfalls. – Hatten Sie irgendeinen Verdacht, begründet oder unbegründet, daß jemand beabsichtigte, der Lungenentzündung Ihres Patienten ein wenig nachzuhelfen, um ihn zu töten?«
»Nein. Ich folgte nur meinem Hang zur Gründlichkeit.«
Wolfe nickte. »Gut.« Er seufzte tief auf, und als er damit fertig war, drehte er seinen Kopf, um die Pflegerin ins Auge zu fassen. Während der Unterhaltung hatte sie kerzengerade mit erhobenem Kinn und im Schoß gefalteten Händen dagesessen. Sie wandte mir ihr Profil zu. Es gibt nicht viele weibliche Kinne, die sowohl von vorn als auch im Profil genießbar sind.
Wolfe ergriff das Wort. »Eine Frage, Miss Goren – oder zwei. Stimmen Sie mit allem, was Dr. Buhl mir berichtet hat, überein – mit allem, wovon Sie Kenntnis hatten?«
»Ja, das tue ich.« Ihre Stimme war ein wenig belegt, aber sie hatte sie auch noch nicht benutzt.
»Ich hörte, daß Paul Fyfe sich Ihnen näherte, während die anderen im Theater waren. Sie wiesen ihn zurück. Trifft das zu?«
»Ja.«
»Haben Sie deswegen Ihre Pflichten in irgendeiner Form vernachlässigt?«
»Nein. Der Patient schlief fest unter dem Einfluß von Beruhigungsmitteln.«
»Können Sie mir mit irgendwelchen Hinweisen helfen? Ich bin von David Fyfe beauftragt worden zu entscheiden, ob irgend etwas bei dem Tod seines Bruders eine polizeiliche Untersuchung rechtfertigt. Können Sie mir etwas mitteilen, ganz gleich was, das mir bei meiner Entscheidung dienlich sein könnte?«
Ihre Augen glitten von ihm zu Buhl und wieder zurück. »Nein, das kann ich nicht«, sagte sie. Sie erhob sich. Natürlich wird von einer Schwester erwartet, daß sie ohne viel Geräusch aufsteht, doch diese schwebte einfach hoch. »Ist das alles?«
Wolfe antwortete nicht, und sie setzte sich in Bewegung. Buhl

stand ebenfalls auf. Als sie auf halbem Weg zur Tür war, rief Wolfe, beträchtlich über der Lautstärke eines Gemurmels: »Miss Goren, einen Augenblick!« Sie drehte sich um. »Setzen Sie sich bitte«, lud er sie ein.

Sie zögerte, sah Buhl an und nahm wieder auf ihrem Stuhl Platz. »Ja?« fragte sie.

Wolfe betrachtete sie kurz und wandte sich dann an Buhl. »Ich hätte Sie schon anfangs fragen können, warum Sie Miss Goren mitgebracht haben. Das schien völlig unnötig, da Sie keine Unterstützung brauchen, um mit mir zu verhandeln, und es sicherlich wenig rücksichtsvoll war, Miss Goren in eine so heikle Angelegenheit hineinzuziehen. Ich schloß daraus, daß Sie von mir Fragen erwarteten, die zwar Miss Goren beantworten konnte, nicht aber Sie. Deshalb mußte Miss Goren Sie begleiten. Offenbar habe ich diese Fragen nicht erwähnt, aber ich habe eine kleine Falle dafür aufgestellt. Als ich Miss Goren fragte, ob sie mir etwas erzählen könne, sah sie Sie an. Ganz eindeutig hält sie etwas zurück, und Sie wissen, was es ist. Ich kann es nicht aus Ihnen herausquetschen, weder mit Bestechung noch mit Drohung, aber meine Neugierde ist geweckt worden und muß auf irgendeine Weise gestillt werden. Vielleicht halten Sie es für besser, das freiwillig zu besorgen.«

Buhl, seine Ellbogen auf die Sessellehnen gestützt, rieb seine feine gerade Nase zwischen Daumen und Zeigefinger. Er ließ seine Hand fallen. »Sie sind wirklich kein Hohlkopf«, sagte er. »Sie haben natürlich recht. Ich hatte erwartet, daß Sie etwas aufs Tapet brächten, das die Anwesenheit von Miss Goren erforderlich machen würde. Ich war erstaunt, daß Sie es nicht taten. Ich bin durchaus bereit, diese Frage selbst anzuschneiden. Hat man Ihnen gegenüber nichts von den Wärmflaschen erwähnt?«

»Nein, Sir, von Wärmflaschen hat man mir nichts erzählt.«

»Dann nehme ich an, daß Paul – aber das spielt keine Rolle. Erzählen Sie ihm davon, Anne.«

»Er weiß es ja bereits«, sagte sie verächtlich. »Einer von ihnen hat ihn doch engagiert.«

»Erzählen Sie es mir trotzdem«, schlug Wolfe vor, »damit ich die Aussagen vergleichen kann.« Wolfe hat weder Pauls noch meine Art, mit Frauen umzugehen.

»Nun gut.« Ihr hübsches Kinn reckte sich hoch. »Ich gab dem Patienten zwei Wärmflaschen, eine auf jede Seite seiner Brust und wechselte das Wasser alle zwei Stunden. Ich hatte es gerade wie-

der gewechselt – als mir Mrs. Tuttle befahl, zu gehen. Sonntag abend kam Paul Fyfe zu mir in die Wohnung – ich habe ein kleines Apartment in der 48. Straße, das ich mit einer Freundin, auch einer Schwester, teile. Er sagte mir, als er den Tod seines Bruders am frühen Morgen festgestellt habe, habe er die Bettdecken aufgeschlagen und die Wärmflaschen darunter gefunden. Sie seien aber leer gewesen. Er habe sie deshalb ins Badezimmer gebracht. Später habe sie seine Schwester Mrs. Tuttle, gesehen, ihn gerufen, und die Pflegerin beschuldigt, sie habe vergessen, die Flaschen nachzufüllen. Sie würde das dem Arzt berichten. Er, Paul, fragte seine Schwester, warum sie denn nicht selbst das Wasser gewechselt habe, ehe sie zu Bett gegangen war, und sie sagte, das habe sie nicht für nötig gehalten, weil die Pflegerin es, ehe sie ging, gerade erst neu aufgefüllt hatte.«
Miss Gorens Stimme war jetzt nicht mehr belegt. Sie war deutlich, fest und bestimmt. »Paul behauptete, er habe seiner Schwester gesagt, daß er selbst die Wärmflaschen ins Bad getragen und dort ausgeleert habe. Diese Erklärung habe er ihr aus der Eingebung des Augenblicks gegeben, um sie davon abzuhalten, sich beim Doktor zu beschweren. Doch seitdem sei ihm klargeworden, daß das ein Fehler gewesen sei, denn die leeren Flaschen könnten mit dem Tod seines Bruders zusammenhängen. Er lud mich zum Dinner ein, damit wir das besprechen könnten. Wir standen an der Wohnungstür, da ich ihn nicht hereingebeten hatte, und ich schlug ihm einfach die Tür vor der Nase zu. Am nächsten Tag rief er dreimal an, und gestern abend kam er noch einmal zu meiner Wohnung, aber ich öffnete ihm nicht. Deshalb erzählte er den Vorfall seinem Bruder David und veranlaßte ihn, Sie aufzusuchen. Nun, wie fällt der Vergleich der Aussagen aus?«
Wolfe sah sie stirnrunzelnd an. »Pfui«, stieß er hervor und ließ von ihr ab. Er wandte sich an Buhl. »Das ist es also«, grollte er.
Buhl nickte. »Miss Goren rief mich am Sonntag abend an, und erzählte mir davon, und gestern erzählte sie es mir noch einmal. Das ist ganz natürlich, da ihre berufliche Tätigkeit in Frage gestellt wurde. Wundern Sie sich, daß ich von Ihnen diese Frage erwartet habe?«
»Nein, bestimmt nicht. Aber ich habe nichts von diesem Vorfall gewußt. Besteht die Möglichkeit, daß Miss Goren tatsächlich vergessen haben kann, Wasser in die Flaschen zu füllen?«
»Nicht die geringste, da sie sagt, daß sie die Wärmflaschen gefüllt hat. Sie hat im Mount-Kisco-Hospital gelernt, und ich kenne

Miss Goren sehr gut. Ich wende mich immer an sie, falls sie zur Verfügung steht, wenn ich in New York einen Patienten habe. Diese Möglichkeit kann ausgeschaltet werden.«

»Entweder lügt Paul Fyfe, oder jemand nahm die Flaschen aus dem Bett, leerte sie und legte sie wieder zurück. Das scheint mir sinnlos zu sein. Sicherlich konnte das doch keinen entscheidenden Einfluß auf den Zustand des Patienten haben, oder?«

»Nein. Entscheidend nicht.« Buhl strich mit einer Hand über sein würdevolles graues Haar. »Aber es konnte einen Einfluß auf Miss Gorens Ruf als Schwester haben, und ich fühle mich dafür verantwortlich. Ich habe ihr den Fall übertragen. Sie haben mich nicht nach meiner Meinung gefragt, aber ich biete sie Ihnen an. Ich meine, Bertram Fyfe starb an Lungenentzündung, ohne irgendwelche zusätzlichen Umstände, außer denen, für die er selbst sorgte – seine Weigerung, ins Krankenhaus zu gehen, seine Ablehnung des Sauerstoffapparates, vielleicht auch sein launenhaftes Beharren, seine Dinnergäste trotz seiner Krankheit zu empfangen. Er war bereits als Junge eigensinnig und hat sich offensichtlich inzwischen nicht geändert. Was die Wärmflaschen angeht, so glaube ich, daß Paul Fyfe lügt. Ich will ihn nicht verleumden, aber sein eigenartiges Benehmen Frauen gegenüber ist in seinem Heimatort allgemein bekannt. Eine Frau, die ihm gefällt, reizt ihn nicht nur, nein, er ist von ihr geradezu besessen. Es würde zu seinem eigenartigen Betragen Miss Goren gegenüber passen, daß ihm, als er die Wärmflaschen im Bett sah, der Einfall kam, sie als Waffe gegen Miss Goren zu benutzen. Deswegen trug er sie ins Bad und leerte sie aus.«

»Dann«, wandte Wolfe ein, »war er ein Esel, seiner Schwester zu erzählen, daß er sie ausgeleert hatte.«

Buhl schüttelte den Kopf. »Das war nur ein Manöver. Er konnte Miss Goren so mit diesem ihr erwiesenen Dienst imponieren und ihr doch gleichzeitig drohen, ihre angebliche Nachlässigkeit bloßzustellen. Ich will nicht behaupten, daß Paul kein Esel sei; besessene Leute sind es meistens. Ich behaupte lediglich, daß er seiner Schwester die Wahrheit sagte und Miss Goren belog. Ich glaube, daß er selbst die Flaschen entleert hat. Wie ich hörte, wird er heute abend mit den anderen hierherkommen. Ich bitte Sie, alle wissen zu lassen, daß jeder Versuch, Miss Goren der Nachlässigkeit zu bezichtigen, von mir sehr übelgenommen und starken Widerspruch finden wird. Ich werde ihr zu einer Verleumdungsklage raten und sie dabei unterstützen. Sollten Sie vorziehen, daß ich es

ihnen selbst ... «
Die Glocke an der Haustür läutete. Ich stand auf, ging in den Flur, um einen Blick nach draußen zu werfen, und eilte wieder zurück.
»Sie sind da«, verkündete ich. »David Fyfe, zwei Männer und eine Frau.«
Wolfe warf einen Blick auf die Wanduhr. »Zehn Minuten zu spät. Führen Sie sie herein!«
»Nein!« Anne Goren war aufgesprungen. »Ich will nicht! Ich will nicht mit ihnen in einem Zimmer sein! Dr. Buhl, bitte!«
Ich muß sagen, ich konnte es ihr nachfühlen. Ich war zwar nicht besessen, aber ich stimmte ihr voll und ganz bei. Nach einem sekundenlangen Zögern tat Dr. Buhl das ebenfalls und sagte es Wolfe. Wolfe musterte sie und entschied, die Sache ohne sie zu erledigen.
»In Ordnung«, willigte er ein. »Archie, führen Sie Miss Goren und Dr. Buhl ins Vorzimmer, und wenn die anderen hier versammelt sind, lassen Sie die beiden Herrschaften hinaus.«
»Ja, Sir.« Als ich im Begriff stand, die Tür zum Vorzimmer zu öffnen, läutete die Türglocke zum zweitenmal. Paul natürlich mit seinem Ungestüm. Hätte er gewußt, wer hier war, wäre er wahrscheinlich durch die Glasscheibe gesprungen.

3

Als ich an meinem Schreibtisch saß, nachdem ich die Neuankömmlinge herein- und Buhl und Anne Goren hinausgeführt hatte, zog ich meinen Notizblock hervor. Mir schien, daß die Untersuchung eines Todesfalles, der selbst den behandelnden Arzt überrascht hatte, zu einer Studie über das Liebesleben eines Maklers auszuarten drohte. Und das war keineswegs ein Auftrag, den Wolfe seines Genies für würdig hielt, Honorar hin, Honorar her. Ich war gespannt auf das, was sich daraus entwickeln würde.
Pauls äußere Erscheinung wurde dem ihm vorausgeeilten Ruf nicht gerecht. Er war bestimmt zwanzig Zentimeter kleiner als ich, breitschultrig, ein wenig untersetzt und glaubte wahrscheinlich, wie Napoleon auszusehen. Das hätte er vielleicht auch ein bißchen, wären nicht sein linkes Auge so blau und die Wangen auf beiden Seiten so geschwollen gewesen. Offensichtlich hatte

Johnny Arrow beide Fäuste gebraucht. Paul und die Tuttles saßen in einer Stuhlreihe vor Wolfes Schreibtisch, der Ledersessel war David überlassen worden. Louise war größer als ihre beiden Brüder und sah besser aus. Für eine Frau in mittleren Jahren war sie bestimmt kein übler Anblick, obgleich sie ein wenig knochig und ihr Haar zu kurz geschnitten war. Was ihren Mann, Tuttle, anbetraf, so hatte er überhaupt keine Haare mehr. Sein glänzender Glatzkopf, der steil anstieg, beherrschte seine ganze Erscheinung und ließ Einzelheiten wie Augen, Nase und Kinn unwichtig erscheinen. Man mußte sich schon sehr darauf konzentrieren, wenn man sie betrachten wollte.
Als ich Buhl und Anne Goren verabschiedet hatte und wieder hinter meinem Schreibtisch Platz nahm, sagte Wolfe gerade: »...und Dr. Buhl erklärte, daß seiner Meinung nach Ihr Bruder an Lungenentzündung starb, ohne verdächtige Nebenumstände. Da er bereits diese Todesursache bestätigt hat, stehen wir immer noch dort, wo wir anfingen.« Er faßte Paul scharf ins Auge. »Ich hörte, daß Sie darauf bestehen, die Polizei um eine Untersuchung zu bitten. Ist das richtig?«
»Ja. Das ist verdammt richtig.« Paul hatte einen Bariton, den er in voller Stimmfülle erklingen ließ.
»Und die anderen sind nicht Ihrer Meinung.« Wolfe wandte den Kopf David zu. »Sie sind nicht einverstanden, Sir?«
»Ich habe es Ihnen ja bereits gesagt«, Davids Stimme hörte sich müder an denn je, »daß ich eine Polizeiuntersuchung ablehne.«
»Und Sie, Mrs. Tuttle?«
»Gewiß, ich auch.« Sie stutzte die Worte mit hoher dünner Stimme zurecht. »Ich halte nichts davon, Unheil heraufzubeschwören. Mein Mann ebenfalls nicht.« Ihr Kopf fuhr zur Seite. »Vince?«
»Du hast recht, meine Liebe«, rasselte Tuttle, »ich stimme dir immer zu, auch wenn ich nicht deiner Meinung bin. Dieses Mal bin ich es.«
Wolfe wandte sich wieder an Paul. »Dann scheint es in Ihrer Hand zu liegen. Falls Sie zur Polizei gehen, was wollen Sie ihr denn erzählen?«
»Denen werde ich viel erzählen.« Bei der Deckenbeleuchtung sah Pauls blaues Auge viel schlimmer aus, als es in Wirklichkeit war. »Zum Beispiel, daß Dr. Buhl am Samstag abend uns die Versicherung gab, Berts Zustand sei befriedigend, wir könnten ruhig ins Theater gehen und das Stück genießen. Und ein paar Stunden später war Bert tot. Zum Beispiel, daß dieser Kerl Arrow einen

Flirt mit der Schwester anfing, sie ihm schöne Augen machte, und er die Möglichkeit gehabt haben konnte, das Morphium gegen irgend etwas anderes zu vertauschen, das sie Bert einspritzen sollte. Dr. Buhl sagte uns, er habe Morphium verordnet. Ich würde der Polizei erzählen, daß Arrow jetzt in mehreren Millionen Dollar schwimmt, von denen er auch nicht einen Cent gesehen hätte, solange Bert lebte. Dann würde ich erzählen, daß Arrow feststellte, wie gut Bert sich wieder mit uns vertrug, und daß ihm das nicht in den Kram paßte, wie er deutlich zeigte.«
Paul hielt inne und preßte seine Fingerspitzen sanft gegen sein Kinn. »Das Sprechen tut mir weh«, erklärte er. »Dieser verfluchte Raufbold. Schauen Sie mich nur an, ich bin angeblich keine Schönheit. Sie sehen mich allerdings so an, als ob Sie mich fragen wollten, ob Bert mein Lieblingsbruder gewesen sei. Beim Himmel, nein. Ich kam mit Bert nicht eben gut aus, als wir noch Kinder waren, und seitdem habe ich ihn zwanzig Jahre nicht mehr gesehen. Also bitte. Ich kann Ihnen ebensogut gleich sagen, was los ist. Ein Mörder darf aus seinem Verbrechen keinen Gewinn schlagen, und falls Arrow Bert tötete, wäre dieser Vertrag null und nichtig. Alles würde zu Berts Erbmasse gehören und damit uns. Das ist offenkundig, warum es also verschweigen? Ich brauche der Polizei nichts davon zu erzählen, denn die weiß das ja sowieso.«
»Du solltest nicht so reden, Paul«, ermahnte David ihn scharf.
»Stimmt«, pflichtete Tuttle bei, »das ist nicht die richtige Art.«
»Ach, halt den Mund!« gebot Paul seinem Schwager. »Wer bist du denn schon?«
»Er ist mein Mann«, fauchte Louise. »Er könnte dir eine Menge Dinge beibringen, wenn dir etwas beizubringen wäre.«
Ein richtiges Familienidyll. Wolfe ergriff die Führung. »Ich räume ein«, sagte er zu Paul, »daß Sie die Neugierde der Polizei reizen könnten, aber Vermutungen reichen nicht aus. Haben Sie sonst noch etwas in Reserve?«
»Nein, für meinen Geschmack reicht es.«
»Aber nicht für mich.« Wolfe lehnte sich zurück, zog einen Scheffel voll Luft ein und stieß sie wieder aus. »Wollen einmal sehen, ob wir noch etwas finden. Um welche Zeit kamen Sie am Samstag abend in die Wohnung Ihres Bruders?«
»Samstag nachmittag gegen fünf Uhr.« Die untere Hälfte von Pauls Gesicht verzerrte sich plötzlich, und ich dachte, er habe einen Krampf, bis mir klar wurde, daß er nur zu grinsen versuchte,

was bei einem wunden Kiefer wirklich ein Problem ist.
»Aha – wer merkt was?« sagte er. »Wo war ich um neun Minuten vor neun am neunten August? Okay – ich verließ mit meinem Wagen Mount Kisco um Viertel vor vier und fuhr nach New York. Als erstes hielt ich bei Schramms Laden in der Madison Avenue, um zwei Liter von ihrer Mango-Eiscreme zu kaufen, die ich für eine Party am Sonntag in Mount Kisco verwenden wollte. Dann fuhr ich in die 52. Straße und parkte dort den Wagen. Das ist an Samstagnachmittagen erlaubt. Von dort aus ging ich zum Churchill-Hotel, wo ich kurz nach fünf Uhr in Berts Apartment eintraf. Ich kam so früh, weil ich mit der Schwester telefoniert hatte, mir ihre Stimme gefiel und ich beabsichtigte, sie kennenzulernen, ehe die anderen kamen. Nichts zu machen. Dieser Kerl Arrow saß mit ihr im Wohnzimmer und erzählte ihr Abenteuer aus seiner Urangräberzeit. Alle zehn Minuten schlich sie sich für einen kurzen Augenblick ins Krankenzimmer und kehrte dann zurück, um noch mehr über Schürfungen zu hören. Dann kam Dave, und dann Louise und Vince, und wir fingen um Viertel vor sieben gerade mit dem Dinner an, als Dr. Buhl eintraf. Noch mehr gefällig?«
»Sie dürfen Ihre Geschichte ruhig zu Ende erzählen.«
»Wie Sie wollen. Buhl war ungefähr eine halbe Stunde bei Bert drinnen, und als er ging – ich sagte Ihnen ja schon, was er uns versicherte. Wir aßen nicht nur, wir tranken auch, und vielleicht übertrieb ich das ein wenig. Ich dachte, es wäre nicht recht, die Schwester mit Bert allein zu lassen, und als die anderen zum Theater aufbrachen, blieb ich. Ich glaubte, wenn die Schwester Urangräbergeschichten mag, wollte sie auch gern über andere Dinge aufgeklärt sein, aber das war offenbar nicht so. Nach einem kleinen – äh, einigen Bemerkungen hin und her ging sie in Berts Zimmer und schloß die Tür hinter sich ab. Sie erzählte meiner Schwester später, ich hätte an die Tür geschlagen und ihr gedroht, die Tür aufzubrechen, wenn sie nicht herauskäme. Aber ich erinnere mich nicht mehr so genau daran. Immerhin, zu dieser Zeit war Bert für die Welt so gut wie tot, betäubt von Morphium. *Wenn* es Morphium gewesen ist. – Sie kam wieder heraus, und wir redeten miteinander, und ich kann sie auch angefaßt haben, aber die Male, die sie den anderen zeigte, als sie aus dem Theater kamen: die muß sie sich selbst zugefügt haben. So betrunken war ich auch wieder nicht, nur ein bißchen angeheitert. Schließlich ergriff sie den Telefonhörer und drohte, die Zentrale zu bitten, je-

manden heraufzuschicken, wenn ich nicht ginge. Da machte ich mich davon. Wollen Sie noch mehr?«

»Nur zu.«

»Ich ging nach unten in die Bar, setzte mich an einen Tisch und nahm einen Drink. Zwei oder drei Drinks. Irgend etwas erinnerte mich an die Eiscreme, die ich in den Kühlschrank des Apartments gelegt hatte, und ich überlegte mir, ob ich nach oben gehen sollte, um sie zu holen, als plötzlich Arrow neben mir stand und mir befahl, aufzustehen. Er packte meine Schulter, riß mich hoch, schrie mir zu, in Deckung zu gehen, und dann schlug er mich zusammen. Ich weiß nicht, wie oft er mich traf, aber Sie brauchen mich ja nur anzusehen. Endlich zerrten sie ihn von mir weg, und ein Polyp erschien. Ich verdrückte mich aus der Bar und nahm den Fahrstuhl nach oben. Vince ließ mich in das Apartment ein. Dieser Teil ist ein wenig verschwommen, aber ich weiß, daß sie mich auf eine Couch legten, denn ich wachte auf, als ich von der Couch rollte, nur wurde ich nicht richtig dabei wach. Mir war so, als ob ich verletzt sei und die Schwester sehen wollte, und deshalb ging ich in Berts Zimmer. Die Fenstervorhänge waren zugezogen, und ich knipste das Licht an und trat ans Bett. Mit seinem offenen Mund sah er wie tot aus. Ich zog die Decke herunter und fühlte nach seinem Herzen. Er war tot. Neben ihm lagen zwei Wärmflaschen, an jeder Seite eine. Sie schienen leer zu sein. Deshalb nahm ich eine davon in die Hand und sie *war* leer. Ich dachte mir, daß die Schwester nachlässig gewesen sei, weil ich sie geärgert hatte, und daß so etwas nun doch zu weit ginge. Die andere Flasche war ebenfalls leer, und ich nahm sie mit ins Bad, ehe ich . . .«

»Paul!« Es war Louise. Sie starrte ihn an. »Du hast mir gesagt, daß du sie ausgeleert hast!«

»Sicher.« Er grinste sie an, oder versuchte es wenigstens. »Ich wollte nicht, daß du es dem Arzt meldest. Warum, zum Teufel, darf ein Mann nicht einmal ritterlich sein?« Er wandte sich wieder an Wolfe. »Sie sagten, daß ich Ihnen noch etwas anderes erzählen könne. Okay. Das ist es. Gefällt's Ihnen?«

»Du hast also Louise angelogen?« schnarrte Tuttle.

»Oder du lügst jetzt«, sagte David, und seine Müdigkeit war plötzlich verschwunden. »Du hast mir nichts davon erzählt!«

»Natürlich nicht. Verdammt noch mal, ich wollte eben ritterlich sein.«

Sie fielen über ihn her und krächzten sich gegenseitig an; das reinste Familienidyll. Mit Louises dünnem Sopran, Pauls Bariton, Tuttles Schnarren und Davids Falsett gaben sie ein feines Quartett ab.

Wolfe schloß die Augen und kniff die Lippen zusammen, ließ sie alle eine Weile gewähren und zerschmetterte dann die Schallmauer. »Gewäsch! Sofort aufhören!« Er knöpfte sich wieder Paul vor. »Sie, Sir, reden von Ritterlichkeit! Ich habe noch nicht erwähnt, daß Miss Goren und Dr. Buhl bereits bei mir gewesen sind. Miss Goren erzählte mir von Ihren Besuchen in ihrer Wohnung und Ihren Anrufen, also lassen wir Ihre Ritterlichkeit einmal beiseite. Zwei Punkte stehen noch zur Debatte. Zuerst einmal: Fanden Sie die Wärmflaschen leer vor oder leerten Sie sie selbst?«

»Ich fand sie leer. Ich sagte meiner Schwester ... «

»Ich weiß, was Sie Ihrer Schwester erzählt haben. – Angenommen, Sie fanden die Wärmflaschen leer vor, so wäre es sicher kindisch, das der Polizei als Indiz anzubieten. Dr. Buhl erklärte mir, selbst wenn Miss Goren versäumt haben sollte, die Wärmflaschen mit heißem Wasser zu füllen, hätte das keine erhebliche Wirkung auf den Patienten gehabt. So spielt es auch für mich keine Rolle, das ist der zweite Punkt. – Aber Ihre Vermutung, daß das Morphium durch etwas anderes ersetzt wurde – das könnte in der Tat von Bedeutung sein, wenn Sie es irgendwie untermauern können. Können Sie das?«

»Das ist nicht meine Aufgabe, überlassen Sie das doch der Polizei.«

»Nein, das hat keinen Zweck. Eine Mutmaßung reicht für eine Privatermittlung aus; aber als Mittel, um einen Mann offiziell unter Mordverdacht zu stellen, ist sie unzulässig. Zum Beispiel wäre es eine alberne Mutmaßung, wenn ich annähme, daß Sie – ohne etwas von der Vereinbarung zwischen Ihrem Bruder und Mr. Arrow zu ahnen, in der Annahme, ein Drittel seines Vermögens zu erben – Ihren Bruder töteten. Aber damit könnte ich gewiß nicht ... «

»Das lassen Sie auch besser bleiben«, schnitt ihm Paul das Wort ab. Sein Gesicht verzerrte sich wieder, in dem Versuch zu grinsen. »Ich wußte von dieser Vereinbarung.«

»Ja? Wer erzählte Ihnen denn davon?«

»Ich«, sagte David. »Bert sagte es mir, und ich gab es an Paul und Louise weiter.«

»Sehen Sie«, Wolfe breitete die Hände aus, »da zerplatzen alle meine Vermutungen.« Er schüttelte den Kopf und sah Paul an.

»Ich fürchte, Sie wollen das Feuer ohne Munition eröffnen. Aber ich habe mich nun einmal verpflichtet, Ermittlungen anzustellen, und ich will nicht kneifen.« Er drehte sich zu David um. »Ich weiß, was Sie von dem Ganzen halten, Mr. Fyfe, deshalb erwarte ich auch nichts Bedeutendes von Ihnen. Aber einige Fragen können nicht schaden. Was wissen Sie über das Morphium?«
»Überhaupt nichts, außer, daß Dr. Buhl uns erklärte, er habe der Schwester etwas dagelassen, was Bert nach unserem Weggang gegeben werden sollte.«
»Gingen Sie in das Zimmer Ihres Bruders, nachdem Dr. Buhl aufgebrochen war?«
»Ja, wir alle – Paul, Louise, Vincent und ich. Wir sagten ihm, daß das Dinner ausgezeichnet gewesen sei und wie sehr wir bedauerten, daß er uns nicht ins Theater begleiten könne.«
»Wo hielt sich Mr. Arrow gerade auf?«
»Ich weiß es nicht. Ich glaube, er wollte sein Hemd wechseln.«
»Betrat er, nachdem sich Dr. Buhl verabschiedet hatte, noch einmal das Zimmer Ihres Bruders?«
»Ich weiß es nicht.« David schüttelte den Kopf. »Das weiß ich beim besten Willen nicht.«
Wolfe grunzte. »Nicht, daß es ihn belasten würde. – Was geschah, als Sie wieder aus dem Theater zurückkamen? Ging Mr. Arrow dann in das Zimmer Ihres Bruders?«
»Das glaube ich nicht. Falls er es tat, habe ich es nicht gesehen.« David runzelte die Stirn. »Ich habe Ihnen ja die Lage bereits geschildert: Die Schwester war sehr aufgeregt und sagte, daß sie Dr. Buhl wegen einer Ablösung angerufen habe. Als sie uns das Vorgefallene schilderte, machte sich Arrow davon, das heißt, er verließ das Apartment. Dann stritt sich meine Schwester mit der Pflegerin herum und schickte sie fort. Danach rief meine Schwester Dr. Buhl an und erklärte ihm, daß ihr Mann und sie bei dem Kranken blieben, bis eine neue Pflegerin eintreffen würde. Kurz darauf ging ich nach Hause. Ich wohne in Riverdale.«
»Aber vorher sahen Sie noch einmal nach Ihrem Bruder?«
»Ja.«
»Wie ging es ihm zu dieser Zeit?«
»Er schlief fest, atmete zwar geräuschvoll, aber sonst schien alles in Ordnung. Als Louise Dr. Buhl anrief, sagte er ihr, daß Bert ein halbes Gran Morphium bekommen habe und wahrscheinlich nicht vor dem Morgen aufwachen würde.«
Wolfe wandte den Kopf. »Mrs. Tuttle, Sie haben gehört, was Ihre

Brüder vorgetragen haben. Haben Sie etwas zu berichten oder hinzuzufügen?«
Sie hatte ein wenig Mühe, sich zu fassen. Ihr Mund zuckte, und ihre Hände waren fest in ihrem Schoß zusammengekrampft. Sie begegnete Wolfes Blick, erwiderte aber nichts, bis sie plötzlich aufschrie: »Es ist nicht meine Schuld! Keiner wird mir die Schuld zuschieben können!«
Wolfe zog eine Grimasse. »Warum sollte man das, gnädige Frau?«
»Weil sie es bei meinem Vater auch getan haben! Wissen Sie, was meinem Vater zugestoßen ist?«
»Ich weiß, wie er starb. Ihr Bruder erzählte es mir.«
»Nun, damals gaben sie mir die Schuld – sie alle! Weil ich ihn pflegte, vor Erschöpfung eingeschlafen war, deswegen nicht mehr in sein Zimmer ging und die geöffneten Fenster nicht bemerkte. Sie haben mich sogar gefragt, ob ich ein Schlafmittel in meinen Kakao getan hatte, um recht fest zu schlafen! Als ob ein vierundzwanzigjähriges Mädchen ein Schlafmittel braucht, um zu schlafen!«
»Nun, meine Liebe«, Tuttle tätschelte ihre Schultern, »das ist alles vergangen und vergessen. In Berts Zimmer gab es Samstag nacht keine offenen Fenster.«
»Aber ich habe die Pflegerin fortgeschickt!« Sie richtete ihre Worte an Wolfe. »Und ich sagte Dr. Buhl, daß ich die Verantwortung übernehmen würde. Dann ging ich zu Bett und schlief ein, ohne nach den Wärmflaschen gesehen zu haben. Und sie waren leer!« Sie fuhr mit ihrem Kopf zu ihrem jüngeren Bruder herum. »Sag die Wahrheit, Paul, die ganze Wahrheit! Waren die Flaschen leer?«
Auch er legte ihr beruhigend die Hand auf die Schulter. »Nimm's nicht so schwer, Lou. Natürlich waren sie leer, auf mein Pfadfinder-Ehrenwort. Aber das hat ihn nicht getötet, und das habe ich auch nie behauptet.«
»Keiner gibt dir die Schuld«, versicherte ihr Tuttle. »Und warum solltest du nicht schlafen gehen? Es war bereits ein Uhr morgens, und Dr. Buhl hatte gesagt, daß Bert die ganze Nacht durchschlafen würde. Glaub mir, meine Liebe, du machst aus einer Mücke einen Elefanten.«
Sie beugte den Kopf und barg das Gesicht in den Händen. Ihre Schultern begannen zu zittern. Für Wolfe ist eine Dame in Not nur ein Weibsbild mit einem hysterischen Anfall. Er starrte sie einen Augenblick lang prüfend und mißtrauisch an und wandte

sich dann ihrem Mann zu.
»Was das Schlafengehen betrifft, Mr. Tuttle, so sagten Sie, daß es bereits ein Uhr war. Das war also, nachdem Paul Sie aus dem Bett getrommelt hatte, damit Sie ihn einlassen sollten?«
»Ja.« Mr. Tuttle streichelte beruhigend den Arm seiner Frau. »Es kostete allerhand Zeit, Pauls Geschichte anzuhören und ihn auf die Couch zu betten. Dann warfen wir einen Blick in Berts Zimmer, sahen, daß er schlief, und legten uns selbst wieder zu Bett.«
»Haben Sie fest durchgeschlafen, bis Paul Sie gegen sechs Uhr früh weckte?«
»Meine Frau schon, glaube ich. Sie war übermüdet. Sie hat sich wohl hin und wieder bewegt, aber ich glaube nicht, daß sie aufwachte. Ich ging einige Male ins Bad, das tue ich nachts fast immer; aber davon abgesehen schlief ich, bis Paul uns rief. Als ich das zweite Mal ins Bad ging, öffnete ich Berts Zimmertür, hörte nichts und ging deshalb nicht hinein. – Ist das wichtig?«
»Nicht sonderlich.« Wolfes Blick wanderte zu Louise, auf der Hut vor Gefahr, und dann zurück zu ihm. »Ich denke an Mr. Arrow und versuche alle Möglichkeiten zu erwägen. Er hatte natürlich einen Schlüssel zum Apartment, konnte während der Nacht die Zimmer betreten haben, um etwas zu holen, und wieder fortgegangen sein. Wäre das möglich?«
Tuttle dachte nach. Um ihn beim Nachdenken zu beobachten, mußte ich mich anstrengen, seinen glänzenden Schädel zu vergessen und mich auf seine Gesichtszüge zu konzentrieren. Es wäre einfacher gewesen, hätten seine Augen, seine Nase und sein Mund oben auf dem Kopf gesessen.
»Schon möglich«, räumte er ein, »aber ich bezweifle es. Er hätte auch durch das Wohnzimmer gehen müssen, und dort lag Paul auf der Couch. Allerdings war Paul ziemlich hinüber.«
»Ich war *völlig* hinüber«, bestätigte Paul. »Er hätte mich schon noch einmal zusammenschlagen müssen, damit ich ihn bemerkt hätte.« Er schielte zu Wolfe hinüber. »Aber das ist ein Gedanke! Was sollte er dort wohl noch holen?«
»Nichts. Ich stelle nur Fragen. – Mr. Tuttle, wann haben Sie Mr. Arrow dann das nächstemal gesehen?«
»Am selben Morgen. Sonntag morgen kam er gegen neun Uhr in das Apartment, kurz nachdem Dr. Buhl eingetroffen war.«
»Wo war er die Nacht über gewesen?«
»Das weiß ich nicht. Ich habe ihn nicht gefragt, und er hat nichts erzählt. Es war – nun, es war im Angesicht des Todes. Er stellte

uns eine Menge Fragen, von denen ich einige reichlich unverschämt fand, doch unter den Umständen machte ich Zugeständnisse.«
Wolfe lehnte sich zurück, schloß die Augen und senkte das Kinn. Die Brüder beobachteten ihn. Tuttle kümmerte sich um seine Frau, streichelte ihre Schulter und murmelte ihr etwas zu, und bald darauf gab sie ihr Gesicht frei und hob den Kopf. Er zog ein sauberes Taschentuch aus seiner Brusttasche, und sie nahm es und begann damit ihr Gesicht abzutupfen. Ihre Wangen zeigten nicht die leisesten Tränenspuren.
Wolfe öffnete die Augen und ließ sie in die Runde schweifen. »Ich betrachte es als zwecklos«, verkündete er, »Sie noch länger aufzuhalten. Ich hatte gehofft, daß es möglich sei, bereits heute abend zu einer Entscheidung zu kommen.« Er richtete seinen Blick auf Paul. »Aber Ihre Mutmaßungen über das Morphium verlangen natürlich diskrete Nachforschungen. Ich würde Ihnen keinen Dienst erweisen, wenn ich Sie einer Verleumdungsklage aussetzte.« Sein Blick wanderte zu David und dann hinüber zu Tuttle. »Übrigens habe ich noch nichts von Dr. Buhls Bitte erwähnt, nämlich Ihnen mitzuteilen, daß Dr. Buhl Miss Goren zu einer solchen Klage raten und sie unterstützen wird, falls sie von Ihnen der Nachlässigkeit bezichtigt wird. Sie behauptet, die Wärmflaschen vor Ihrem Weggang mit warmem Wasser gefüllt zu haben, und er glaubt ihr. Sie hören von mir, wahrscheinlich am . . . «
Die Türglocke klingelte. Wenn wir Gesellschaft im Büro haben, spielt Fritz immer den Pförtner; aber ich hatte so eine Vorahnung, was bei mir häufiger vorkommt, erhob mich deshalb und erreichte den Flur noch so rechtzeitig, um Fritz auf seinem Weg zur Haustür abzufangen. Die Außenbeleuchtung war eingeschaltet, und durch das Guckloch erspähte ich einen Unbekannten – ein breitschultriges Individuum in ungefähr meinem Alter und ungefähr meiner Größe. Ich erklärte Fritz, daß ich mich um dieses Individuum kümmern würde, öffnete die Tür nur so weit, wie es die Sicherheitskette erlaubte, und fragte durch den Spalt: »Kann ich etwas für Sie tun?«
Eine sanfte, schleppende Stimme schlüpfte hindurch. »Ich denke schon. Mein Name ist Arrow. Johnny Arrow. Ich möchte mit Nero Wolfe sprechen. Wenn Sie die Tür öffnen, würden Sie mir einen Gefallen tun.«
»Ja, aber ich muß ihn erst fragen. Warten Sie eine Minute.« Ich

schloß die Tür, zog ein Stück Papier aus der Tasche und schrieb »Arrow« darauf, kehrte ins Büro zurück, trat an Wolfes Schreibtisch und reichte ihm das Papier. Die Besucher machten schon Anstalten zum Aufbruch.

Wolfe beäugte den Zettel. »Verwünscht«, murrte er, »ich dachte, ich hätte jetzt Feierabend. Aber vielleicht kann ich . . . also gut.«

Ich will gestehen, daß man mich der Nachlässigkeit zeihen könnte, daß ich wußte, was Samstag nacht in der Churchill-Bar vorgefallen war. Aber ich bestreite, daß ich vorsätzlich gehandelt habe. Ich respektiere das Mobiliar im Büro genauso wie Wolfe oder Fritz das tun. Ich ließ mir nur nicht genügend Zeit zum Nachdenken, als ich an die Haustür ging, dem Uran-Prinzen aufschloß, ihn ins Büro geleitete und dann zur Seite trat, um den Ausdruck auf den Gesichtern der anderen zu beobachten. In dem Augenblick, als Arrow Paul Fyfe entdeckte und sich auf ihn stürzte, stand ich zu weit entfernt. So kam es, daß einer von den gelben Stühlen dran glauben mußte. Zum Trost erhielt ich eine prächtige Darstellung, wie Pauls Kiefer an beiden Seiten zusammengestaucht worden war. Arrow versetzte ihm eine linke Gerade, hart genug, um ihn aus dem Gleichgewicht zu werfen, schwang dann seine Rechte und schleuderte ihn damit zwei Meter weit gegen den gelben Stuhl. Als er ihn wieder hochzerren wollte, wahrscheinlich, um sich das andere Auge vorzuknöpfen, griff ich ein, legte Arrow von hinten meinen Arm um den Hals und stemmte mein Knie in seinen Rücken. Tuttle stand mir bei und versuchte, Arrow am Ärmel zu ziehen. David strich um uns herum, offenbar mit der Absicht, sich dazwischenzustellen, eine ausgesprochen miserable Methode. Louise stieß schrille Laute aus.

»Okay«, erklärte ich ihnen, »zurück mit euch. Ich habe ihn fest umklammert.« Arrow strengte sich an, sich aus meinem Griff zu winden, begriff aber, daß es nur darum ging, was zuerst brechen würde, sein Genick oder sein Rücken, und hörte damit auf. Wolfe ergriff angewidert das Wort und empfahl den Brüdern, zu gehen. Paul hatte sich wieder auf die Füße gerappelt, und eine Sekunde lang dachte ich, daß er Arrow einen Stoß versetzen wollte, während ich ihn festhielt; aber David packte ihn am Arm und zog ihn mit sich fort. Tuttle ging zu Louise und drängte sie hinaus, und David setzte Paul in Bewegung. An der Tür zum Flur drehte sich David protestierend zu Wolfe um: »Sie hätten ihn nicht hereinlassen sollen. Das hätten Sie voraussehen müssen!« Als sie im Flur waren, ließ ich Arrow aus meiner Umklammerung frei und gab

der Familie das Abschiedsgeleit. Als sie die Türschwelle überquerte, wünschte ich ihnen allen gute Nacht, aber der Wunsch wurde nur von David erwidert.
Im Büro hatte sich Johnny Arrow inzwischen im roten Ledersessel niedergelassen und bewegte seinen Kopf behutsam vor und zurück, um sein Genick zu überprüfen. Ich mag ein wenig zu gründlich gewesen sein, aber bei einem völlig Fremden kann man eigentlich nie gründlich genug sein.

4

Ich saß mit dem Rücken zum Schreibtisch und musterte dieses vielseitig veranlagte Subjekt. Er war Uran-Millionär, also von allermodernster Art. Er war ein chronischer Kieferzerschmetterer, ganz egal, wo er sich gerade aufhielt. Er erkannte eine hübsche Schwester, wenn er sie traf, und handelte dementsprechend. Und man hatte ihn als Kandidaten für den elektrischen Stuhl vorgeschlagen. Ein ganz schöner Ruf für einen solchen Jüngling. Er sah eigentlich nicht schlecht aus, wenn man sich nicht gerade auf diesen Zigarettenreklametyp festgelegt hat. Sein Gesicht und seine Hände waren nicht so rauh und verwittert, wie ich es bei einem Mann, der fünf Jahre in der Wildnis damit zugebracht hatte, Steine herumzuwälzen, erwartet haben würde. Doch seit der Entdekkung von Black Elbow hatte er ja auch genügend Zeit gehabt, sich wieder auszubügeln.
Er hörte auf, mit seinem Kopf zu kreisen, und erwiderte meinen Blick mit einem neugierigen Starren aus braunen Augen, die in ihren Winkeln Fältchen vom vielen Blinzeln nach Uran hatten.
»Das war eine recht feste Umarmung«, sagte er ohne Feindseligkeit in seiner sanften gedehnten Sprechweise. »Ich dachte, mein Genick wäre gebrochen.«
»Das hätte nichts geschadet«, rügte ihn Wolfe streng. »Sehen Sie sich den Stuhl da an.«
»Oh, ich werde für den Stuhl bezahlen.« Er zog ein beachtliches Bündel Geldnoten hervor. »Wieviel macht es?«
»Mr. Goodwin wird Ihnen die Rechnung schicken.« Wolfe blickte finster drein. »Mein Büro ist keine Arena für Gladiatoren. Ich nehme an, Sie kamen auf die Botschaft hin, die wir für Sie hinterließen.«

Er schüttelte den Kopf. »Ich habe keine Botschaft erhalten. Wenn Sie sie im Hotel hinterließen – dort bin ich seit heute früh nicht mehr gewesen. Worum ging es?«
»Nur, daß ich Sie sprechen wollte.«
»Ich habe sie nicht bekommen.« Er hob eine Hand, um die linke Seite seines Halses zu massieren. »Ich kam, weil *ich Sie* sprechen wollte.« Er betonte ein Wort, indem er es langzog. »Ich wollte auch diesen Paul Fyfe noch einmal sprechen; aber ich wußte nicht, daß er hier war, das war ein reiner Glückszufall. Ich wollte ihn wegen einer Gaunerei sprechen, die er an einer meiner Freundinnen auszuprobieren versuchte. Sie wissen über die Wärmflaschen Bescheid?«
Wolfe nickte. »Und warum wollten Sie mich sprechen?«
»Weil ich hörte, Sie brauen eine Geschichte zusammen, daß ich meinen Partner Bert Fyfe, umgebracht haben soll.« Die braunen Augen hatten sich ein wenig zusammengezogen. Offenbar konnten sie auch noch etwas anderes als Uran kritisch betrachten. »Ich wollte Sie nur fragen, ob Sie vielleicht auch noch meine Hilfe brauchen.«
Wolfe brummte: »Ihre Informationen sind falsch, Mr. Arrow. Man hat mich beauftragt, zu untersuchen und zu entscheiden, ob irgendwelche Umstände bei Mr. Fyfes Tod eine polizeiliche Untersuchung rechtfertigen. Dafür brauche ich Hilfe. Hier wird nichts ›zusammengebraut‹, wie Sie sich ausdrückten. Natürlich war Ihr Angebot ironisch gemeint, aber ich brauche Ihre Hilfe wirklich. Sollen wir fortfahren?«
Arrow lachte. Kein schallendes Gelächter, nur ein kleines leichtes Kichern, das zu seiner gedehnten Sprechweise paßte. »Das kommt darauf an, wie«, sagte er. »Wie wollen Sie fortfahren?«
»Mit einem Informationsaustausch. Ich brauche einige Auskünfte, und Sie wünschen vielleicht ebenfalls welche. Zuerst einmal nehme ich an, daß Sie Ihre Informationen von Miss Goren bezogen haben. Sollte ich mich irren, berichtigen Sie mich. Sie müssen nach vier Uhr heute nachmittag mit ihr zusammengekommen sein. Zweifellos glaubte sie, den Tatbestand genau wiedergegeben zu haben. Wenn sie Ihnen aber den Eindruck vermittelte, daß ich Sie mit bösartiger Absicht verfolge, irrt sie sich. Darf ich Sie fragen, ob die Auskünfte, denen wir Ihren Besuch verdanken, von Miss Goren stammen?«
»Gewiß stammen sie von ihr. Wir speisten zusammen, als Dr. Buhl sie aus dem Restaurant holte, um mit ihr hierherzukom-

men.«
Ich begehe einen Fehler, wenn ich es so darstelle, als ob er bereitwilligst mit Wolfe zusammenarbeiten wollte. Er prahlte nur. Er genoß es, daß er jemandem erzählen konnte, Miss Goren habe ihm erlaubt, sie zum Dinner auszuführen.
»Dann«, sagte Wolfe, »hätten Sie sich aber klarmachen müssen, daß Miss Gorens Bericht recht einseitig sein müßte, obwohl ich nicht behaupte, daß sie ihn absichtlich gefärbt hat. Ich will nur sagen – und darauf kann ich Ihnen Brief und Siegel geben –, daß ich bis jetzt im Hinblick auf Bertram Fyfes Tod nicht die Spur eines Beweises gegen Sie gefunden habe. Lassen Sie uns zu Tatsachen übergehen. Was wissen Sie über die Wärmflaschen? Nicht, was Ihnen irgend jemand erzählt hat, auch nicht Miss Goren, sondern was Sie aus eigener Beobachtung wissen.«
»Überhaupt nichts. Ich habe sie nie gesehen.«
»Sie auch nicht angefaßt?«
»Natürlich nicht. Warum sollte ich sie wohl anfassen?« Sein schleppender Tonfall beschleunigte sich nicht. »Und wenn Sie mir diese Frage stellen, nur weil dieser Paul Fyfe behauptet, sie leer gefunden zu haben, so hat das nichts mit Tatsachen zu tun.«
»Möglicherweise. Ich bin kein Idiot. – Wann haben Sie Bertram Fyfe zuletzt lebend gesehen?«
»Samstag abend, ehe wir uns auf den Weg zum Theater machten. Ich ging nur für eine Minute zu ihm ins Zimmer.«
»Miss Goren war bei ihm?«
»Ja, natürlich.«
»Sie gingen nicht zu ihm, als Sie aus dem Theater zurückkamen?«
»Nein. Wollen Sie wissen, warum nicht?«
»Das weiß ich bereits. Sie trafen das an, was Mr. David Fyfe ›eine peinliche Situation‹ nennt, und Sie machten auf dem Fuß kehrt, um Paul Fyfe zu suchen. Trifft das zu?«
»Gewiß. Und ich fand ihn auch. Nachdem ich mir angehört hatte, was Miss Goren von ihm zu berichten wußte, hätte ich ihn auch die ganze Nacht gesucht. Aber das brauchte ich nicht. Ich fand ihn unten in der Bar.«
»Und fielen über ihn her?«
»Sicher. Ich suchte ihn nicht, um ihm die Schuhe zu putzen.« Das sanfte kleine Kichern plätscherte wieder angenehm und friedlich hervor. »Wahrscheinlich sollte ich froh sein, daß sich ein Polizist einmischte, denn ich war verdammt wütend.« Er sah mich mit freundlichem Interesse an: »Das war aber eine recht nette Umar-

mung, die Sie mir verpaßt haben.«
»Und dann?« fragte Wolfe. »Wie ich hörte, kehrten Sie nicht mehr in das Apartment zurück.«
»Gewiß nicht. Ein anderer Polizeibeamter kam noch dazu, aber ich war immer noch wütend und wollte nicht, daß man mich festhielt, und dann wurden sie wütend. Sie legten mir Handschellen an, und einer von ihnen schleppte mich zu einer Polizeiwache und sperrte mich ein. Ich wollte ihnen nicht sagen, wen ich geschlagen habe und warum, und vermutlich versuchten sie, ihn zu finden, damit er eine Anzeige erstatten könnte. Endlich ließen sie mich ans Telefon, und ich veranlaßte einen Anwalt, zur Wache zu kommen und mich loszueisen. Ich ging darauf in das Apartment und traf diesen Paul Fyfe dort und diesen Tuttle mit seiner Frau. Und Bert war tot. Der Doktor war auch da.«
»Sein Tod war natürlich ein Schock für Sie.«
»Ja, das war es. Das wäre es nicht gewesen, wenn ich ihn getötet hätte, stimmt's?« Johnny Arrow kicherte. »Wenn Sie es wirklich ehrlich meinen und mich nicht hereinlegen wollen, dann lassen Sie sich eins sagen, Mister: Bert und ich haben uns fünf Jahre lang zusammen herumgetrieben. Das war ein ziemlich hartes Unternehmen. Wir sind nie verhungert, aber oft waren wir nahe daran. Keiner hat uns geholfen. Als wir auf Black Elbow stießen, mußte hart und schnell gehandelt werden, um die Anrechte unter Dach und Fach zu bringen, und keiner von uns hätte das allein zuwege gebracht. Damals ließen wir unsere Vereinbarung von einem Rechtsanwalt aufsetzen, damit, falls einem von uns etwas zustoßen sollte, sich kein Außenseiter einmischen und Ärger stiften konnte. Es hatte sich ergeben, daß wir einander mochten, selbst wenn wir uns ärgerten. Deshalb kam ich auch mit ihm nach New York, als er mich darum bat. Für mich selbst gab es nichts in New York zu tun. Unsere gesamten Geschäfte hätten wir in Black Elbow und Montreal erledigen können. Ich bin gewiß nicht mit ihm hierhergekommen, um ihn zu töten.«
Wolfe betrachtete ihn ungerührt. »Dann kam er also nicht geschäftlich nach New York?«
»Nein, Sir. Er erwähnte etwas von einer persönlichen Angelegenheit. Als wir hier ankamen, setzte er sich mit seiner Schwester und seinen Brüdern in Verbindung. Ich ahnte, daß irgend etwas aus der Vergangenheit an ihm nagte. Er fuhr einige Male nach Mount Kisco und nahm mich mit. Wir sind das ganze Gelände in einem Cadillac abgefahren. Wir suchten sein Geburtshaus auf

und durchstreiften es – jetzt lebt dort eine italienische Familie. Wir tranken Eiscreme-Soda in Tuttles Drugstore. Wir wollten eine Frau besuchen, die ein Gasthaus geführt hatte, in dem er früher einmal wohnte, aber sie war schon vor Jahren fortgezogen. Gerade erst letzte Woche fand er heraus, daß sie in Poughkeepsie wohnte, und wir fuhren dorthin.«

Es dauerte eine ganze Weile, bis er das Ganze herausgebracht hatte, weil er sein Tempo noch immer nicht beschleunigte. Allerdings hatte es den Vorteil, daß er sich nicht mit Atemholen aufzuhalten brauchte. »Ich erzähle wohl eine Menge daher«, sagte er, »aber ich erzähle von Bert. Fünf Jahre lang habe ich nicht viel geredet, außer mit ihm, und jetzt, denke ich, sollte ich *über* ihn reden.«

Er legte seinen Kopf zur Seite, um einen Moment nachzudenken, und fuhr dann fort: »Ich möchte nicht hereingelegt werden, und ich möchte keinen anderen hereinlegen, aber ich glaube, ich habe mich über das, was aus seiner Vergangenheit an ihm nagte, zu unbestimmt ausgedrückt. Er hat mir davon erzählt, als wir eines Tages in Kanada unter einem Felsen saßen. Er sagte, daß er, wenn wir wirklich Erfolg haben würden, vielleicht nach Hause ginge, um sich um eine nicht zu Ende geführte Sache zu kümmern. Wissen Sie, wie sein Vater starb, und daß man ihn wegen Mordes vor Gericht stellte?«

Wolfe bejahte.

»Nun, er hat mir davon erzählt. Er sagte, er hätte niemals sein Erbteil beansprucht, weil er nicht an dem Durcheinander, von dem er fortgelaufen sei, Anteil nehmen wollte. Wenn Sie Bert gekannt hätten, verwunderte Sie das nicht. Er sagte, daß er sich immer eingeredet habe, es ausgelöscht und vergessen zu haben, aber jetzt, da es so aussah, als ob wir ganz groß herauskommen würden, dachte er daran, zurückzugehen und sich umzusehen. Und das tat er. Falls er eine bestimmte Person im Sinn hatte, so sagte er es mir nie. Aber mir fielen einige Dinge auf. Als er seiner Familie vortrug, was er beabsichtigte, beobachtete er ihre Gesichter. Es war ihnen unangenehm, als er verkündete, sich eine vollständige Abschrift der Zeugenaussagen seiner Gerichtsverhandlung besorgen zu wollen. Als er ihnen erzählte, daß er die Frau, die früher das Gasthaus leitete, aufgesucht habe, war ihnen das noch viel unangenehmer. Mir schien, als ob er versuchte, ihnen einen Köder anzubieten.«

Seine Augen zogen sich zusammen, und die Fältchen vertieften sich. »Aber kommen Sie nicht auf die Idee, daß ich irgend jemanden verdächtigen will. Der Arzt sagte, Bert starb an Lungenentzündung, und ich schätze, er ist ein guter Arzt. Ich wollte es nur nicht im dunkeln lassen, warum Bert nach New York kam. Haben Sie noch mehr Fragen?«

Wolfe schüttelte den Kopf. »Im Moment nicht. Vielleicht später. Aber ich schlug einen Informationsaustausch vor. Wollen Sie etwas wissen?«

»Das nenne ich aber höflich.« Es klang, als ob er es auch so meinte. »Ich denke nicht.« Er erhob sich und blieb einen Augenblick stehen. »Nur, Sie sagten doch, daß Sie keine Beweise gefunden hatten, um jemanden zu ... wie war noch das Wort?«

»Beschuldigen.«

»Stimmt. Warum lassen Sie dann die Sache nicht fallen? Das taten Bert und ich immer, wenn sich herausstellte, daß ein Gebiet unergiebig war. Wir ließen es fallen.«

»Ich sagte nicht, daß dieses Gebiet unergiebig ist.« Wolfe war verdrießlich. »Im Gegenteil, und das ist das Verwünschte dabei. Es gibt einen geheimnisvollen Umstand, den ich aufklären muß, ehe ich es fallenlassen kann.«

»Und der wäre?«

»Ich habe Sie bereits danach gefragt, und Sie bestreiten, etwas davon zu wissen. Falls ich Sie noch einmal danach fragen möchte, werde ich mich lieber vorher bewaffnen. – Mr. Goodwin wird Ihnen die Rechnung für den Stuhl schicken, wenn wir den Betrag wissen. Guten Abend, Sir.«

Er wollte zwar noch mehr über den geheimnisvollen Umstand wissen, erfuhr aber nichts. Als er das Gebiet unergiebig fand, ließ er es fallen, und ich ging in den Flur, um ihm die Tür aufzuhalten. Nachdem er die Schwelle überschritten hatte, wandte er sich zu mir um: »Das war tatsächlich 'ne nette Umarmung.«

Im Büro saß Wolfe mit geschlossenen Augen in seinem Sessel zurückgelehnt und runzelte die Stirn. Ich verstaute den zerbrochenen Stuhl in einer Ecke, stellte die anderen an ihre Plätze, ordnete meinen Schreibtisch für die Nacht, verschloß den Safe und näherte mich ihm. »Was bedeutete dieser Versuch, ihn wütend zu machen? Falls es da einen geheimnisvollen Umstand gibt, muß ich geschlafen haben. Nennen Sie ihn mir.«

Er murmelte, ohne seine Augen zu öffnen: »Wärmflaschen.«

Ich reckte mich und gähnte. »Verstehe. Sie zwingen sich zur Arbeit, finden kein Problem und basteln sich eins zusammen. Vergessen Sie's. Geben Sie sich mit den tausend Dollar zufrieden – für acht Stunden Arbeit kein schlechter Schnitt – und stimmen Sie für ›nein‹. Fall erledigt.«

»Das kann ich nicht. Es gibt da ein Problem.« Er öffnete die Augen. »Wer entleerte die Flaschen, und warum?«

»Paul, zum Beispiel. Warum nicht?«

»Weil ich nicht daran glaube. Sehen Sie von seinen wiederholten Beteuerungen einmal ab, obgleich sie überzeugend genug klangen, und vergegenwärtigen Sie sich die Situation. Er betritt das Zimmer seines Bruders und findet ihn tot. Er schlägt die Bettdekke zurück und sieht die leeren Wärmflaschen. Er will seine Schwester und seinen Schwager rufen, aber ihm fällt ein, daß man die leeren Flaschen als Waffe gegen Miss Goren gebrauchen könnte. Er will nicht, daß seine Schwester darauf aufmerksam wird, deshalb bringt er sie ins Bad, ehe er sie ruft. Klingt das glaubwürdig?«

»Gewiß. Aber . . . «

»Bitte, das ›aber‹ bearbeite ich. Aber versuchen Sie es einmal so herum: Er tritt ins Zimmer seines Bruders, findet ihn tot. Er schlägt die Bettdecke zurück, um nach dem Herzen zu fühlen. Die Flaschen liegen dort, mit Wasser gefüllt. Als er sie sieht, ersinnt er eine Kriegslist – und vergessen Sie nicht, er steht unter der Wirkung eines Schocks, weil er gerade eine Leiche gefunden hat, während er, aller Wahrscheinlichkeit nach, seinen Bruder schon auf dem Wege der Besserung glaubte. Er ersinnt sogleich, ehe er die andern ruft, den Plan, die Flaschen ins Bad zu bringen und dort auszuleeren, um irgendwann in der Zukunft zu Miss Goren gehen zu können und ihr zu sagen, daß er sie leer gefunden habe; und das führt er dann auch aus. Nehmen Sie das als glaubwürdig an?«

»Es klingt ein bißchen überspannt«, gestand ich, »so wie Sie es beschreiben.«

»Ich beschreibe es so, wie es geschehen sein mußte, *falls* es geschah. Ich behaupte, es war nicht so. Er bemerkte die Wärmflaschen nur, *weil* sie leer waren. Wären sie gefüllt gewesen, hätte er wahrscheinlich überhaupt keine Notiz davon genommen. Schließlich stand er an einem Totenbett. Zweifellos gibt es Menschen, die in einem solchen Augenblick zu einer so verschlagenen List fähig sind, aber er ist nicht einer von ihnen. Ich bin zu der Annahme gezwungen, daß er die Flaschen leer fand, und wo stehe ich jetzt?«

»Ich muß es mir überlegen«, sagte ich und setzte mich.
»Es wird Ihnen nicht gefallen.« Er war verbittert. »Mir auch nicht. Wenn ich mir meine Selbstachtung erhalten will, eine Pflicht, die sich nicht übertragen läßt, muß ich weiterforschen. Hat Miss Goren schuld? Legte sie die Flaschen leer ins Bett?«
»Nein, Sir. Ich beabsichtige, sie zu heiraten. Außerdem glaube ich es nicht. Sie ist tüchtig, und keine tüchtige gelernte Schwester würde jemals einen solchen Fehler machen.«
»Ich bin ganz Ihrer Meinung. Da wären wir also. Gegen Mitternacht, kurz bevor sie ging, füllte Miss Goren die Flaschen mit heißem Wasser und legte sie ins Bett. Gegen sechs Uhr früh fand Paul Fyfe die Flaschen dort im Bett, aber sie waren leer. Jemand hat sie fortgenommen, entleert und zurückgelegt. Erklären Sie mir das.«
»Sehen Sie mich nicht so an; ich habe es schließlich nicht getan. Warum soll ich es denn erklären?«
»Sie können es nicht. Anzunehmen, daß es in mörderischer Absicht geschah, wäre unerhört. Es ist unerklärlich; und alles Unerklärliche auf einem Totenbett ist unheilvoll, besonders auf dem Totenbett eines Millionärs. Ehe ich überhaupt die Frage erwägen kann, wer es tat, muß ich die Frage beantworten, warum er es tat.«
»Nicht unbedingt«, wandte ich ein. »Ich setzte um. Stecken Sie den Tausender ein, aber stimmen Sie nicht für ›nein‹. Stimmen Sie für ›ja‹, und lassen Sie Paul die Sache der Polizei übergeben. Damit haben Sie den Auftrag erledigt.«
»Pfui! Meinen Sie das ehrlich?«
Ich gab auf. »Nein. Sie stecken fest. Die Polypen würden lediglich feststellen, daß die Schwester die Flaschen leer hinterlassen hat und es nicht zugeben will; und Johnny Arrow würde die ganze verdammte Mordabteilung der Reihe nach zusammenschlagen.«
Mir kam ein plötzlicher Verdacht und ich beäugte Wolfe. »Oder machen Sie nur Reklamerummel für sich selbst? Wissen Sie vielleicht schon, wer die Flaschen ausgeleert hat, oder glauben es zu wissen, und erwarten von mir, daß mir einleuchten soll, wie genial Sie wieder einmal waren?«
»Nein. Ich weiß weder aus noch ein. Ich tappe vollkommen im finstern. Es ist mehr als geheimnisvoll, es ist übernatürlich.« Er sah auf die Uhr. »Es ist Zeit, zu Bett zu gehen, und jetzt muß ich mich mit dieser Ungeheuerlichkeit schlafen legen. Zuerst jedoch noch einige Anweisungen für Sie für morgen früh. Ihren Notizblock bitte.«

5

Am Mittwoch morgen, nachdem ich wie gewöhnlich in der Küche mit Fritz gefrühstückt hatte, da Wolfe sich – auch wie üblich – das Frühstück auf sein Zimmer hatte bringen lassen, machte ich mich daran, die Anweisungen auszuführen. Sie waren einfach, doch ihre Ausführung entpuppte sich als nicht zu leicht. Der erste und wichtigste Punkt war, Dr. Buhl anzurufen und ihn für elf Uhr ins Büro zu bestellen. Um diese Zeit beendete Wolfe gewöhnlich seine Morgenvisite in den Gewächshäusern. Buhl sollte Anne Goren mitbringen. Aber ich konnte ihn bis zu Mittag einfach nicht erwischen. Von neun bis zehn Uhr bekam ich nur den Kundendienst der Post an den Apparat und die Auskunft, daß er Krankenbesuche mache. Ich hinterließ ihm die Nachricht, mich anzurufen, was er aber nicht tat. Von zehn Uhr an erreichte ich seine Sprechstundenhilfe. Die ersten drei Male war sie am Apparat noch höflich und mitfühlend, wurde beim viertenmal aber ein wenig ruppig: Dem Doktor, der immer noch seine Runde mache, sei meine Bitte um Rückruf mitgeteilt worden, aber sie könne es auch nicht ändern, wenn er zu beschäftigt sei. Als er schließlich anrief, konnte ich nicht gut von ihm verlangen, mit Miss Goren um elf Uhr zu kommen, da es bereits ein Viertel vor zwölf war. Deshalb schlug ich drei Uhr vor und erhielt eine glatte Absage. Weder um drei Uhr noch zu einer anderen Zeit. Er hat Wolfe alles erzählt, was es über Bertram Fyfes Tod zu berichten gab; aber wenn Wolfe mit ihm am Telefon sprechen wolle, könne er vielleicht zwei Minuten erübrigen. Wolfe, mit dem ich mich beriet, lehnte ab. Nicht am Telefon. Also eine völlige Pleite.

Am Ende holte ich nach dem Lunch den Wagen aus der Garage und fuhr die vierzig Meilen über die West-Side-Autobahn und die Sawmill-River-Parkway-Abfahrt nach Mount Kisco. Buhls Praxis lag in einem großen weißen Haus inmitten eines ausgedehnten grünen Rasens. Man hatte mir gesagt, daß er mich nach seiner Nachmittagssprechstunde, die von zwei bis vier Uhr dauerte, empfangen könne. Aber als ich ankam, saßen immer noch fünf Patienten im Wartezimmer. So konnte ich eine hübsche Weile lang meinen Lesehunger mit illustrierten Zeitungen stillen, ehe mich die Schwester, die seit mindestens sechzig Jahren bei ihm tätig sein mußte, zu ihm durchschleuste.

Buhl saß hinter einem Schreibtisch und sah zwar müde, aber immer noch würdevoll aus. Er sagte mir unverblümt: »Ich muß

Krankenbesuche machen und habe mich schon verspätet. Was gibt es jetzt schon wieder?«

Ich kann auch unverblümt sein. »Eine Frage«, sagte ich, »die von einem Verwandten des Verstorbenen aufgeworfen wurde. Konnte jemand das Morphium durch etwas anderes ersetzt haben? Mr. Wolfe will den Fall nicht der Polizei übergeben, ohne diesen Punkt selbst untersucht zu haben; doch wenn Sie vorziehen, daß . . . «

»Morphium? Sie meinen, das Morphium, das Bert Fyfe verabreicht wurde?«

»Ja, Sir. Da die Frage . . . «

»Dieser verdammte Trottel! Paul, natürlich. Vollkommen absurd. Wann soll denn etwas anderes an die Stelle des Morphiums getan worden sein und durch wen?«

»Keine näheren Erklärungen.« Ich setzte mich unaufgefordert. »Aber Mr. Wolfe kann nicht so einfach darüber hinweggehen, deshalb wünscht er ein paar kleine Auskünfte. Haben Sie das Morphium der Schwester persönlich übergeben?«

Nach dem Blick, den er mir zuwarf, erwartete ich, daß er mich dahin schicken würde, wo der Pfeffer wächst, aber dann änderte er offensichtlich seine Meinung und beschloß, die Sache hinter sich zu bringen.

»Das Morphium«, sagte er, »stammte aus einer Flasche in meiner Tasche. Ich nahm zwei Viertelgran-Tabletten aus der Flasche, gab sie der Schwester und ordnete an, eine davon dem Patienten zu verabreichen, sobald die Gäste gegangen waren, und die andere, falls nötig, eine Stunde später. Sie sagte mir, daß sie die Tabletten wie besprochen verabreicht habe. Die Annahme, daß sie durch etwas anderes ersetzt worden seien, ist phantastisch.«

»Ja, Sir. Wo bewahrte sie die Tabletten bis zu der Zeit der Verabreichung auf?«

»Das weiß ich nicht. Sie ist eine fähige Schwester und absolut verläßlich. Wollen Sie, daß ich sie frage?«

»Nein, danke, das werde ich selbst tun. Bestehen irgendwelche Zweifel bezüglich Ihrer Morphiumflasche? Könnte an ihr herumgepfuscht worden sein?«

»Ziemlich unwahrscheinlich. Nein.«

»Haben Sie kürzlich einen neuen Vorrat angebrochen – ich meine, haben Sie die Flasche neu aufgefüllt?«

»Nein. Seit mindestens zwei Wochen nicht. Wahrscheinlich sogar noch länger.«

»Würden Sie sagen, daß irgendeine Möglichkeit – sagen wir eins zu einer Million – besteht, daß Sie die Tabletten aus der falschen Flasche genommen haben?«

»Nein. Nicht eins zu einer Milliarde.« Seine Brauen hoben sich. »Ist das alles nicht ein wenig weit hergeholt? Aus dem, was mir David gestern erzählte, entnahm ich, daß sich Pauls Verdacht gegen den Mann, der mit Bert nach New York kam, richtete – gegen Mr. Arrow.«

»Vielleicht, aber Mr. Wolfe will gründlich sein. Er ist ein gründlicher Mann.« Ich stand auf. »Vielen Dank, Doktor. Falls Sie sich wundern, daß ich nur wegen dieser Kleinigkeiten hierhergefahren bin: Mr. Wolfe ist auch vorsichtig. Er erörtert nicht gern Fragen über einen unerwarteten Tod am Telefon.«

Ich verließ ihn, ging zum Wagen zurück und rollte davon. Die Straße zur Parkway-Ausfahrt führte mich durch die Ortsmitte, und an einem roten Backsteinbau, einem Eckhaus in sehr guter Lage, entdeckte ich das Schild: TUTTLES DRUGSTORE! Dieser Laden war für ein Telefongespräch genauso gut wie jeder andere Platz, deshalb parkte ich ein wenig weiter hinter dem Häuserblock und ging zu Fuß zurück. Auch von innen machte der Laden einen guten Eindruck, modern und sauber eingerichtet mit wohlgefülltem Lager und reichlicher Kundschaft; ein halbes Dutzend Kunden hockte auf Barstühlen an der Soda-Bar, und drei oder vier weitere waren im Laden verstreut. Einer von ihnen wurde von dem Besitzer, Vincent Tuttle, persönlich bedient. Ich stellte mich in eine Telefonzelle, wählte das Amt, nannte die mir bestbekannte Nummer, und nach einer Minute ertönte Wolfes Stimme in meinem Ohr.

»Von einer Zelle aus«, erklärte ich ihm »in Tuttles Drugstore in Mount Kisco. Um Dr. Buhls Worte zu zitieren: Der Austausch des Morphiums ist absurd und phantastisch. Was die Herkunft betrifft, so nahm er zwei Viertelgran-Tabletten aus seinem eigenen Vorrat und gab sie der Schwester. Soll ich weitermachen?«

»Nein.« Es war ein Knurren, wie immer, wenn man ihn in den Gewächshäusern störte. »Oder doch, ja. Aber zuerst noch ein paar Nachforschungen in Mount Kisco. Während Ihrer Abwesenheit habe ich das Problem der Wärmflaschen unter die Lupe genommen und könnte auf die Lösung gestoßen sein. Oder auch nicht. Suchen Sie Mr. Paul Fyfe auf und fragen Sie ihn, was mit der Eiscreme geschehen ist. Sie erinnern sich doch ... «

»Ja, er kaufte sie in Schramms Laden, um sie nach Mount Kisco für eine Party mitzunehmen, brachte sie in Berts Wohnung mit und legte sie in den Kühlschrank. Sie wollen wissen, was mit ihr geschah?«

»Verraten Sie mir, weshalb, damit ich eine Ahnung habe, hinter was ich her bin.«

»Nein. Sie sind zwar verschwiegen, aber es besteht kein Anlaß, Sie unnötigen Strapazen auszusetzen.«

»Sie haben recht, und ich bedanke mich herzlichst für Ihre Fürsorge. Tuttle ist gerade hier, soll ich mit ihm anfangen?«

Er verneinte, sagte, ich sollte zuerst Paul aufsuchen, und legte dann auf. Als ich die Zelle und den Laden verließ und mich auf den Weg zu Pauls Maklerbüro machte, durchforschte ich mein Gehirn nach einer Verbindung zwischen Schramms berühmter Mango-Eiscreme und den Wärmflaschen in Bert Fyfes Bett – aber, falls es eine gab, konnte ich sie nicht entdecken.

Im zweiten Stock eines alten Holzhauses über einem Lebensmittelladen machte ich Paul ausfindig. Sein Büro bestand aus einem kleinen Zimmer mit zwei Schreibtischen und einigen verschrammten alten Stühlen, die ihm wahrscheinlich bei der Aufteilung des väterlichen Erbes zugefallen waren. Hinter dem kleineren Schreibtisch saß eine Frau mit einem langen dünnen Hals und großen Ohren, doppelt so alt wie Paul, die selbst bei einem Mann wie ihm nichts zu befürchten hatte. Paul saß hinter dem anderen Schreibtisch und erhob sich nicht bei meinem Eintritt.

»Sie?« murrte er. »Haben Sie was Neues?«

Ich warf einen Blick auf die Frau, die in einigen Papieren herumstöberte. Er befahl ihr, zu gehen, und sie schmiß einfach einen Briefbeschwerer auf den Papierstoß, erhob sich und ging. Überhaupt keine Reize.

Als sich die Tür hinter ihr geschlossen hatte, erwiderte ich ihm: »Ich habe nichts. Ich bin nur hinter etwas her. Mr. Wolfe schickte mich hierher, um Dr. Buhl wegen des Morphiums und Sie wegen der Eiscreme zu fragen. Das letzte, was wir davon hörten war, daß sie immer noch im Kühlschrank in Ihres Bruders Wohnung lag. Was geschah dann damit?«

»Ach, um Himmels willen!« Er gaffte mich an, zumindest mit seinem gesunden Auge. Es war schwer zu sagen, was das andere, das blaugeschlagene, tat. »Was, zum Teufel, hat das damit überhaupt zu tun?«

»Ich weiß es nicht. Bei Mr. Wolfe kenne ich mich manchmal selbst nicht mehr aus; aber es ist sein Wagen, sein Benzin und seine Reifen, und er zahlt mein Gehalt, so tue ich ihm eben den Gefallen. Das ist auch für Sie der bequemste und schnellste Weg, es sei denn, mit der Eiscreme geschah etwas, was Sie lieber für sich behalten wollen.«

»Mit der Eiscreme ist überhaupt nichts los, verdammt noch mal!«

»Dann brauche ich mich nicht erst bei Ihnen niederzulassen. Haben Sie sie für die Sonntagsparty mit nach Mount Kisco genommen?«

»Nein. Ich bin erst Sonntag nacht nach Mount Kisco zurückgekommen.«

»Aber Sie kamen am nächsten Tag, am Montag, wieder nach New York zur Beerdigung – und um Miss Goren noch einmal zu besuchen. Haben Sie die Eiscreme mitgenommen?«

»Passen Sie auf«, sagte er, »wir wollen Miss Goren aus dem Spiel lassen.«

»Ganz meine Meinung«, stimmte ich warm zu. »Ich bin ganz und gar für Ritterlichkeit. Aber was geschah mit der Eiscreme?«

»Ich weiß es nicht, und ich schere mich den Teufel drum.«

»Haben Sie sie wieder gesehen oder in der Hand gehabt, nachdem Sie sie am Samstag nachmittag in den Kühlschrank gelegt hatten?«

»Nein. Und wenn Sie mich fragen, ist das Ganze Unfug. Ich weiß nicht, wie dieser fette Trottel Wolfe zu seinem Ruhm gekommen ist, aber wenn dies seine Art ist, eine Untersuchung durchzu ... he, was soll dieser Aufbruch?«

Ich war bereits an der Tür. Während ich die Klinke runterdrückte, drehte ich mich zu ihm um und sagte höflich: »Nett, Sie gesprochen zu haben«, und verschwand.

Zurück zu Tuttles Drugstore, stellte ich fest, daß die Kundschaft gewechselt hatte, das Geschäft aber immer noch kräftig im Schwung war. Tuttles glänzender Schädel tauchte hinter einem Kosmetikschaukasten auf. Ich fing seinen Blick auf, ging zu ihm und erklärte ihm, daß ich ihn ein paar Minuten sprechen wollte, wenn er frei wäre. Dann begab ich mich an die Soda-Bar und bestellte ein Glas Milch. Es war fast leer, als er mich rief und mir zuwinkte. Ich leerte das Glas und folgte ihm in einen Raum hinter der Trennwand. Er lehnte sich gegen einen Ladentisch und drückte seine Überraschung aus, mich in Mount Kisco zu sehen.

»Eine Reihe kleiner Besorgungen«, erläuterte ich. »Ich sollte Dr. Buhl wegen des Morphiums fragen und Sie wegen der Eiscreme. Ich habe Paul Fyfe bereits gefragt. Sie erinnern sich doch noch, er

kaufte eine Portion Eiscreme bei Schramm am Samstag nachmittag, brachte sie mit in Berts Wohnung und stellte sie in den Kühlschrank, in der Absicht, sie später mit nach Hause zu nehmen.«
Tuttle verbesserte mich: »Ich erinnere mich, daß er davon sprach. Was ist damit?«
»Mr. Wolfe möchte wissen, was aus dem Zeug geworden ist. Paul sagt, er weiß es nicht. Er sagt, daß er sie nicht mehr zu Gesicht bekam, nachdem er sie in den Kühlschrank gestellt hatte. Und Sie?«
»Ich habe sie überhaupt nie gesehen.«
»Ich dachte, Sie hätten es vielleicht. Sie und Ihre Frau blieben über Nacht dort. Am Sonntag morgen entdeckten Sie den Tod Ihres Schwagers, aber selbst dann mußten Sie doch etwas gegessen haben. Ich dachte, Sie hätten im Kühlschrank etwas für das Frühstück gesucht und dabei die Eiscreme bemerkt.«
»Wir haben uns das Frühstück raufschicken lassen.« Tuttle runzelte die Stirn. »Es gab dort keine Kochgelegenheit. Aber jetzt, da ich darüber nachdenke, fällt mir ein, daß Paul die Eiscreme am Samstag abend am Abendbrottisch erwähnte. Er meinte, meine Eiscreme hier könne überhaupt nicht mit Schramms Eiscreme verglichen werden, und er fragte mich, warum ich deren Ware nicht führe. Ich erwiderte, daß Schramms Produkte nur in ihren eigenen Geschäften verkauft würden, und außerdem wäre die Creme zu teuer. Dann, glaube ich, sprach meine Frau am Sonntag davon, als sie an den Kühlschrank ging, um Eisstücke für die Getränke zu holen.«
»Haben Sie am Sonntag davon gegessen? Oder sie mit nach Hause genommen?«
»Nein. Ich sagte doch, daß ich sie nie zu Gesicht bekommen habe. Wir blieben bis Montag in dem Apartment und kehrten nach der Beerdigung heim.«
»Sie wissen nicht, was aus ihr geworden ist?«
»Nein. Ich nehme an, sie ist immer noch dort. Wenn nicht dieser Mann Arrow . . . warum fragen Sie nicht ihn?«
»Das werde ich. Aber zuerst, da ich nun schon einmal hier bin, möchte ich gern Ihre Frau fragen. Ist sie da?«
»Sie ist in der Wohnung oben in der Iron Hill Road. Ich kann sie anrufen und Sie anmelden, oder Sie können mit ihr selbst von hier aus telefonieren. Aber ich verstehe nicht, was diese Eiscreme mit dem Tod meines Schwagers zu tun hat. Wo ist da der Zusammenhang?«

Mir schien, daß diese Reaktion ein wenig spät kam, aber das konnte daran gelegen haben, daß er als angeheirateter Verwandter sich nicht einmischen wollte. »Keinen blassen Schimmer«, sagte ich. »Ich bin nur Laufjunge. Warum holen wir nicht Ihre Frau an den Apparat, damit ich sie nicht aufzusuchen und zu stören brauche?«
Er drehte sich zu einem Apparat auf dem Ladentisch um, wählte eine Nummer, und als die Verbindung hergestellt war, erklärte er seiner Frau, daß ich sie etwas fragen wolle. Dann reichte er mir den Hörer. Louise, die keine angeheiratete Verwandte war, protestierte sofort, wie lächerlich es sei, sie wegen einer solchen Lappalie zu behelligen, aber nach einigem Hin und Her erzählte sie mir, was sie wußte, und das war so gut wie nichts. Sie habe die Eiscreme nie gesehen, obgleich sie wahrscheinlich die Packung bemerkt hatte. Als sie am Sonntag nachmittag Eis aus dem Kühlschrank holte, habe sie eine große Papiertüte im untersten Fach entdeckt, und als sie ins Wohnzimmer kam, habe sie ihrem Mann und ihrem Bruder David, die beide anwesend waren, gegenüber erwähnt, daß das wohl Pauls Eiscreme sein müsse und habe ihnen davon angeboten. Sie hatten beide abgelehnt, und sie habe nicht in die Papiertüte hineingesehen. Sie wisse nicht, was damit geschehen sei. Ich dankte ihr, legte auf, dankte ihrem Mann und ging.
Nächste Station: 48. Straße, Manhattan.

6

In Anbetracht der Parkmöglichkeit oder vielmehr der Parkunmöglichkeit, hatte ich es aufgegeben, den Wagen für Besorgungen im Stadtzentrum zu benutzen. Ich verließ also die Autoschnellstraße an der 46. Straße und fuhr in die Garage. Von dort aus hätte ich einen Lagebericht an Wolfe telefonieren können, aber unser Haus liegt nur eben um die Ecke, und statt zu telefonieren, erschien ich in eigener Person und wurde mit einer Überraschung empfangen. Auf mein Klingeln hin öffnete nicht Fritz, sondern Saul Panzer. Saul, dessen Riesennase die Hälfte seines schmalen kleinen Gesichts einnimmt, sieht auf den ersten Blick so aus, als ob er nicht zwei und zwei zusammenzählen könne. In Wirklichkeit kann er beinahe alles. Er ist nicht nur von den vier oder fünf Detektiven, auf die Wolfe manchmal zurückgreift, der beste; er ist der beste, den es überhaupt gibt.

»So«, begrüßte ich ihn, »jetzt haben Sie wohl endlich meinen Posten, he? Bitte führen Sie mich ins Büro.«

»Sind Sie angemeldet?« fragte er und schloß die Haustür. Dann folgte er mir den Flur entlang und hinein in die gute Stube.

Wolfe saß an seinem Schreibtisch und grunzte mich an: »So früh schon zurück?«

»Nein, Sir«, erklärte ich ihm. »Dies ist nur eine Stippvisite, nachdem ich den Wagen in der Garage abgestellt habe. Wollen Sie einen Bericht über Paul und Mr. und Mrs. Tuttle, ehe ich weitermache?«

»Ja. Wörtlich, bitte.«

Bei ihm bedeutet »wörtlich« nicht nur jedes einzelne Wort, sondern auch alle Bewegungen und jeden Gesichtsausdruck, und ich ließ mich nieder und versorgte ihn damit. Er ist der beste Zuhörer, den ich kenne. Er stützt dabei die Ellenbogen auf die Sessellehnen, sein Kinn ruht auf seiner Faust, und seine Augen sind halb geschlossen.

Als ich fertig war, schwieg er einen Moment und nickte dann. »Zufriedenstellend. Machen Sie mit den anderen weiter. Da Sie den Wagen ja nicht brauchen – darf Saul ihn benutzen?«

Das war nicht so freundschaftlich gemeint, wie es klang. Es stand seit langem fest, daß der Wagen sein einziger Besitz war, über den ich allein bestimmen konnte.

»Für wie lange?« erkundigte ich mich.

»Für heute, heute abend und möglichst auch noch morgen.«

Ich sah auf meine Armbanduhr: 18 Uhr 55. »Von heute ist nicht mehr viel übrig. Okay, kann ich erfahren, wozu?«

»Im Augenblick nicht. Es wird wohl eine Jagd von Pontius zu Pilatus. Wie steht's mit Ihrem Abendbrot?«

»Weiß nicht.« Ich erhob mich. »Wenn ich die Eiscreme finde, kann ich die ja verspeisen.« Ich steuerte auf die Tür zu, drehte mich um und schlug vor: »Saul kann seine Jagdbeute meinetwegen auch verspeisen.« Dann trabte ich davon.

Nachdem ich in der 10. Avenue ein Taxi erwischt hatte und stadtauswärts über die 48. Straße zur East Side fuhr, gestand ich mir ein, daß Wolfe eine Spur gefunden haben mußte, da Sauls Tagessatz bei 50 Dollar lag, ein ziemlicher Brocken aus einem mageren Tausender. Aber ich entdeckte noch immer keine Verbindung zwischen der Eiscreme und den Wärmflaschen. Natürlich konnte

er Saul auf eine völlig andere Fährte gesetzt haben, und was seine Geheimnistuerei anbelangte, so ging sie mir schon seit langem nicht mehr auf die Nerven. Ich registrierte sie nur.
Die Nummer in der 48. Straße zwischen der Lexington Avenue und der 3. Avenue gehörte zu einem alten vierstöckigen gelbgestrichenen Backsteinhaus. Im Hausflur waren zwei Namensschilder in den Schlitz neben dem obersten Klingelknopf gequetscht – »Goren« und »Poletti«. Ich klingelte, und als der Summer ertönte, drückte ich die Tür auf, trat ein und erklomm zwei enge Treppen, die mit Teppichen ausgelegt und zur Abwechslung einmal sehr sauber waren. Als ich auf dem obersten Treppenabsatz angekommen war, empfing mich eine Überraschung, denn auf der Türschwelle stand jemand, der weder Goren noch Poletti hieß. Es war Johnny Arrow, der mich aus zusammengekniffenen Augen anstarrte.
»Oh«, sagte er. »Ich dachte, es wäre vielleicht dieser Paul Fyfe.«
Ich trat vor. »Wenn es recht ist, möchte ich gern Miss Goren sprechen.«
»Wozu?«
Er hatte einen kleinen Dämpfer nötig. »Also wirklich«, setzte ich an, »erst gestern prahlten Sie damit, sie zum Dinner ausgeführt zu haben. Erzählen Sie mir heute bloß nicht, daß Sie bereits zum Wachhund befördert worden sind. Ich möchte Miss Goren etwas fragen.«
Eine Sekunde lang glaubte ich, er wolle sich nach dem Inhalt der Frage erkundigen, und das war wohl auch seine Absicht, aber statt dessen entschloß er sich, zu kichern. Er bat mich einzutreten, führte mich durch einen Türbogen in das Wohnzimmer, das typisch weiblichen Krimskrams aufwies, verschwand und war in einer Minute zurück.
»Sie zieht sich gerade um«, berichtete er. Er setzte sich. »Ich hörte Sie etwas von Prahlen sagen.« Sein langgezogener Ton war freundlich. »Wir sind gerade vom Kegeln gekommen und jetzt wollen wir uns eine Futterkrippe suchen. Ich hätte Sie beinahe angerufen.«
»Sie meinen, Nero Wolfe angerufen.«
»Nein, Sie. Ich wollte Sie fragen, wo Sie den Anzug gekauft haben, den Sie gestern abend trugen. Jetzt würde ich Sie gern fragen, wo Sie den herhaben, den Sie gerade tragen; aber das ist wohl ein wenig zu persönlich.«
Ich war ein Menschenfreund. Da mir einleuchtete, daß es einen

Burschen nach fünf Jahren im Urwald in arge Verlegenheit versetzte, sich plötzlich in New York für seine Liebste herausstaffieren zu müssen – besonders, da er nur zehn Millionen Dollar zusammenkratzen konnte –, gab ich ihm einen ungeschminkten Bericht von den Socken bis zu den Oberhemden. Wir waren gerade bei den Zierwesten angelangt, pro oder contra, als Anne Goren hereinschwebte. Bei ihrem Anblick bereute ich den Fingerzeig, den ich ihm gegeben hatte. Ich hatte große Lust, sie selbst zum Dinner auszuführen – wenn ich nicht im Dienst gewesen wäre.

»Es tut mir leid, daß ich Sie warten ließ«, entschuldigte sie sich höflich. »Worum geht es?«

»Nur ein paar Kleinigkeiten«, erwiderte ich. »Ich sprach heute nachmittag mit Dr. Buhl und hatte erwartet, daß er Sie anrufen würde. Aber da Sie nicht zu Hause waren, konnte er es nicht. Als erstes zu dem Morphium, das er Ihnen Samstag für Bertram Fyfe gab. Er sagte, daß er zwei Viertelgran-Tabletten aus seiner eigenen Flasche nahm und sie Ihnen mit seinen Anweisungen übergab. Ist das richtig?«

»Warten Sie eine Minute, Anne.« Arrow kniff wieder einmal seine Augen zusammen. »Was soll das Ganze bedeuten?«

»Nichts Besonderes.« Ich begegnete seinem Blick trotz der zusammengekniffenen Augen. »Mr. Wolfe braucht die Auskunft, um diesen Fall aufzuklären, das ist alles. – Haben Sie etwas dagegen, sie uns zu geben, Miss Goren? Ich fragte Dr. Buhl, wo Sie die Tabletten bis zur Ihrer Verabreichung aufbewahrten, und er sagte mir, daß ich mich damit an Sie wenden solle.«

»Ich legte sie auf eine Untertasse, die ich auf die Kommode im Krankenzimmer stellte. Das ist so üblich.«

»Sicher. Macht es Ihnen was aus, das Ganze noch einmal durchzugehen? Von dem Augenblick an, als Dr. Buhl Ihnen die Tabletten gab?«

»Er gab sie mir kurz vor seinem Aufbruch, und als er gegangen war, stellte ich mich an die Kommode und legte sie auf die Untertasse. Ich hatte Anweisungen, ihm eine zu geben, sobald die Gäste fort waren, und die andere eine Stunde später, falls es angezeigt schien. Und das habe ich getan.« Sie war kühl und geschäftsmäßig. »Um zehn Minuten nach acht Uhr legte ich eine Tablette in meine Spritze und füllte sie mit einem Kubikzentimeter destilliertem Wasser. Das injizierte ich in den Arm des Patienten. Eine Stunde später schlief er, aber ein wenig unruhig, und ich verfuhr mit der anderen Tablette genauso. Das beruhigte ihn voll-

kommen.«
»Haben Sie irgendeinen Grund zu der Annahme, daß die Tabletten in der Untertasse von irgend jemandem ausgetauscht wurden? Daß diejenigen, die Sie dem Patienten verabreichten, nicht dieselben waren, die Dr. Buhl Ihnen gab?«
»Ganz gewiß nicht.«
»Hören Sie«, sagte John Arrow in seinem schleppenden Ton, »das ist eine ziemlich häßliche Frage. Ich denke, jetzt ist es genug.«
Ich grinste ihn an. »Sie sind zu empfindlich. Wenn die Polizei den Fall jemals in die Finger bekommt, hämmern sie für Stunden auf ihr herum. Fünf Personen gestanden, nach Dr. Buhls Aufbruch im Krankenzimmer gewesen zu sein, Sie eingeschlossen, und die Polypen würden das mit ihr durchexerzieren, vorwärts, rückwärts, seitwärts, rauf und runter. Ich möchte ihr nicht den Appetit fürs Abendessen verderben, deshalb frage ich sie bloß, ob sie etwas Verdächtiges sah. Oder etwas hörte. Sie hörten nichts, Miss Goren?«
»Nein, nichts.«
»Dann wäre das erledigt. Nun der nächste Punkt. Sie mögen oder Sie mögen nichts darüber wissen, daß Paul Fyfe Eiscreme in die Wohnung mitbrachte und in den Kühlschrank legte. Es wurde beim Dinner erwähnt, aber Sie waren nicht dabei. Wissen Sie, was mit der Eiscreme geschah?«
»Nein.« Ihr Ton verschärfte sich. »Das klingt ziemlich albern Eiscreme?«
»Ich scheine oft albern zu reden. Beachten Sie das bitte nicht. Mr. Wolfe möchte über die Eiscreme Bescheid wissen. Sie können mir nichts darüber sagen?«
»Nein. Ich habe nie davon gehört.«
»Okay.« Ich wandte mich an Arrow. »Das gilt auch für Sie. Was wissen Sie über die Eiscreme?«
»Nichts.« Er kicherte. »Mit mir können Sie so bösartig werden, wie Sie wollen, nach der Umschlingung von gestern abend, aber versuchen Sie nicht, mich wieder von hinten zu fassen. Ich behalte Sie lieber im Auge.«
»Von vorn gebrauche ich einen anderen Trick. Sie erinnern sich, daß Paul Fyfe die Eiscreme beim Dinner erwähnte?«
»Ich denke schon. Ich hatte es ganz vergessen!«
»Aber Sie haben sie nicht gesehen oder angefaßt?«
»Nein.«
»Oder gehört, was damit geschehen ist?«

»Nein.«
»Dann will ich Sie um einen Gefallen bitten. Sie tun sich selbst damit auch einen, weil es der schnellste Weg ist, mich wieder loszuwerden. Wohin gehen Sie zum Dinner?«
»Ich habe bei Rusterman einen Tisch reservieren lassen.«
Er lernte seine Lektionen im weltmännischen Benehmen wirklich schnell, wahrscheinlich mit Annes Hilfe. »Das ist fein«, erklärte ich, »weil es nur einen Häuserblock entfernt liegt. Ich möchte, daß Sie mich zu dem Churchill-Towers-Apartment mitnehmen und mich einen Blick in den Kühlschrank werfen lassen.«
Es war gut, daß ich mir die Mühe gemacht hatte, ihn über Schneider und Herrenmodeartikel aufzuklären, sonst hätte er es mir wahrscheinlich abgeschlagen, und ich hätte Tim Evarts, den Hausdetektiv überreden müssen, mir gefällig zu sein. Er sträubte sich zwar etwas, aber Anne legte sich ins Zeug und sagte, daß es weniger Zeit kosten würde, darauf einzugehen, als sich mit mir herumzustreiten, und das entschied es. Es hatte so den Anschein, daß Anne in den kommenden Jahren noch eine Reihe Dinge entscheiden würde, und ich beschloß deshalb dann und dort, sie ihm zu überlassen. Sie erlaubte ihm, ihr eine gelbe gestrickte Stola um ihre bloßen Schultern zu legen, und er nahm einen schwarzen Homburg vom Tisch. Auf unserem Weg nach unten und im Taxi hätte ich ihm allerhand über schwarze Homburger einpauken können; aber in Annes Gegenwart hielt ich es für ratsamer, darüber hinwegzugehen.
Das Churchill-Towers-Apartment im 32. Stock hatte ein Foyer so groß wie mein Schlafzimmer, und das Wohnzimmer hätte Platz für drei Billardtische mit genügend Ellenbogenfreiheit geboten. Es gab einen Innenflur zwischen dem Wohnzimmer und den Schlafgemächern. Neben einem langen eingebauten rostfreien Stahlbüfett gab es in der Anrichte einen großen Speiseschrank, einen noch größeren Kühlschrank und eine Tür zu einem Müllschlucker, aber keine Kochgelegenheit. Arrow und Anne standen in der Schwingtür, und ihre Ellenbogen berührten sich, während ich die Tür zum Kühlschrank öffnete.
Das obere Gefrierfach enthielt sechs Schieber mit Eiswürfeln und sonst nichts. In den unteren Fächern lagen einige Dutzend Flaschen – Bier und Mineralwasser – und fünf Flaschen Champagner, eine Schüssel voller Apfelsinen und ein Teller mit Weintrauben. Eine Papiertüte, groß oder klein, war nicht zu sehen und absolut keine Spur von Eiscreme. Ich schloß den Kühlschrank

und öffnete die Tür zum Speiseschrank. Er enthielt nichts. Ich machte die Tür zum Müllschlucker auf und steckte meinen Kopf in den Schacht. Ein Geruch schlug mir entgegen, aber nicht der von Eiscreme.

Ich drehte mich zu dem Liebespärchen um. »In Ordnung«, erklärte ich ihnen. »Ich gebe es auf. Vielen Dank. Wie gesagt, war es der schnellste Weg, mich loszuwerden. Viel Vergnügen beim Dinner.« Sie machten mir Platz, und ich stieß durch die Schwingtür und verschwand.

Als Wolfe mich wegen des Abendessens gefragt hatte, wußte ich es. Ich konnte gegen acht Uhr dreißig zu Hause sein, denn an jenem Nachmittag hatte Fritz, der eine von Wolfes Lieblingsmahlzeiten zubereitete, acht Babyhummer, acht Avocadobirnen und jungen Blattsalat zusammengesucht. Wenn er das mit der richtigen Menge Schnittlauch, Zwiebeln, Knoblauch, Tomatenmark, Mayonnaise, Salz, Pfeffer, Paprika, Pimento und trockenem Weißwein angemacht hatte, würde er brasilianischen Hummersalat à la Nero Wolfe präsentieren, und nicht einmal Wolfe hätte das Ganze bis zwanzig Uhr dreißig verdrücken können.

So war es auch. Ich fand ihn am Eßzimmertisch, als er im Begriff stand, sich an die Blaubeertorte mit Schlagsahne zu machen. Der Hummersalat war nicht zu sehen, aber Fritz, der mich hereingelassen hatte, kam bald darauf mit der großen Silberschüssel, und es war noch reichlich davon übriggeblieben. Während der Mahlzeiten verbannt Wolfe das Geschäft vom Tisch, nicht nur zu seinem eigenen Schutz, sondern auch zu dem der anderen, mich eingeschlossen. So konnte ich meinen Sinn darauf richten, wo er hingehörte, nämlich auf das angemessene Verhältnis der Zutaten eines jeden Bissens. Erst als das erledigt war, und auch mein Anteil der Blaubeertorte, und wir über den Flur ins Büro gingen, wo Fritz uns bereits den Kaffee servierte, bat Wolfe um einen Bericht. Ich gab ihn ihm. Als ich beim Höhepunkt ankam – dem leeren Kühlschrank, das heißt leer, was die Eiscreme betraf –, stand ich auf, um unsere Kaffeetassen nachzufüllen.

»Aber«, sagte ich, »wenn Sie nur wissen müssen, was damit geschehen ist, Gott weiß warum, gibt es immer noch eine winzige Hoffnung. David stand nicht auf meiner Liste. Ich wollte Sie vom Churchill aus anrufen, um zu fragen, ob ich mit ihm auch einen Versuch machen sollte, aber ich wollte mir den Hummersalat nicht entgehen lassen. – Soll ich ihn aufsuchen?«

Wolfe stieß wieder einen seiner typischen Grunzlaute aus. »Ich rief ihn heute nachmittag an, und um sechs war er hier. Er sagte, daß er nichts darüber wüßte.«

»Dann ist das die ganze Ernte.« Ich nippte an meinem Kaffee. »Dann hat also der Trick nicht funktioniert?«

»Es war kein Trick.«

»Was sonst?«

»Ein Fenster für den Tod. Ich denke, das war es. Ich will es für heute abend dabei belassen. Morgen werden wir weitermachen. – Archie!«

»Ja, Sir?«

»Ich mag Ihren scheelen Blick nicht. Wenn Sie vorhaben, mich zu hetzen, tun Sie's lieber nicht. Gehen Sie lieber raus.«

»Mit Vergnügen. Ich hole mir noch ein Stück Torte.« Ich nahm meine Tasse und steuerte auf die Küche zu.

Dort verbrachte ich den Rest des Abends, klönte mit Fritz über dieses und jenes bis elf Uhr – unsere Zubettgehzeit –, marschierte dann ins Büro, um den Safe zu verschließen und Wolfe gute Nacht zu wünschen und erklomm die zwei Treppen zu meinem Zimmer. Ich war für gewöhnlich immer recht zufrieden mit mir selbst, wenn ich mich nach der Tagesarbeit anschickte, zu Bett zu gehen, doch nicht an jenem Abend. Es war mir nicht gelungen, dem Schicksal der Eiscreme auf die Spur zu kommen. Ich hatte nicht die geringste Ahnung, was die Eiscreme für eine Rolle spielte. Ich wußte nicht, was dieses Fenster für den Tod bedeuten sollte, obgleich es damals vor zwanzig Jahren in einer Winternacht ein solches gegeben hatte. Eine der edelsten Pflichten eines Ehrenmannes ist es, die Millionäre daran zu hindern, hübsche Mädchen zu umgarnen, und ich hatte nicht einen Finger gegen Arrow gerührt. Und der ganze Fall war sowieso keinen Pfifferling wert, mit kaum einer mageren Aussicht, mehr als tausend Kröten daran zu verdienen. Es war ein blödes Spiel – von Anfang bis Ende. Gewöhnlich bin ich, kaum daß ich in den Federn liege, in zehn Sekunden eingeschlafen, aber in jener Nacht wälzte ich mich eine ganze Minute hin und her, ehe ich den richtigen Dreh fand.

Der Nachteil eines jeden Morgens ist der, daß er anbricht, ehe man wach ist. Alles ist so verschwommen und nebelhaft, bis ich mich gewaschen und angezogen habe, irgendwie in die Küche gestolpert bin und etwas Orangensaft zu mir genommen habe; aber richtig wach bin ich erst nach dem vierten Pfannkuchen und der zweiten Tasse Kaffee. Als ich mein Glas Orangensaft hob, gewahrte ich durch den verschwommenen Nebel, wie Fritz ein Ta-

blett zurechtmachte, und schielte auf meine Armbanduhr.
»Mein Gott«, sagte ich. »Sie sind aber spät dran. Es ist ein Viertel nach acht!«
»Oh«, meinte er, »Wolfe ist schon fertig. Dies hier ist für Saul. Er ist bei Wolfe drinnen. Er sagte zwar, daß er schon gefrühstückt habe, aber Sie wissen ja, wie sehr er meine Würstchen liebt.«
»Wann ist er gekommen?«
»Gegen acht Uhr. Mr. Wolfe möchte, daß Sie heraufkommen, wenn Sie mit dem Frühstück fertig sind.« Er nahm das Tablett und ging.
Das brachte mich auf Trab. Ich war hellwach. Aber das war auch nicht gut, denn es hinderte mich daran, mein Frühstück zu genießen. Ich aß zwar die Wurst, vergaß aber, sie so richtig genußvoll zu kauen und vergaß auch, den letzten Pfannkuchen mit Honig zu bestreichen, bis ich ihn schon zur Hälfte verspeist hatte. Ich hatte die *Times* vor mir und gab vor, darin zu lesen, was aber nicht stimmte. Es war gerade erst 8 Uhr 32, als ich den letzten Schluck Kaffee hinunterstürzte und meinen Stuhl zurückstieß. Dann trat ich in den Flur und erklomm die Treppe zu Wolfes Zimmer. Die Tür stand offen, und ich ging hinein.
Wolfe saß barfuß in seinem gelben Pyjama an einem Tisch dicht am Fenster, und Saul, der auf Pfannkuchen und Würstchen herumkaute, saß ihm gegenüber. Ich näherte mich.
»Guten Morgen«, grüßte ich kühl. »Schuhputzen gefällig?«
»Archie«, begrüßte mich Wolfe.
»Ja, Sir, Anzug bügeln?«
»Ich weiß, daß dies keine Tageszeit für Sie ist, aber ich will mit der Sache weiterkommen. Schaffen Sie alle her, einschließlich Dr. Buhl. Sorgen Sie dafür, daß sie alle um elf Uhr hier sind; wenn das nicht möglich ist, punkt zwölf Uhr. Sagen Sie, daß ich meine Entscheidung getroffen habe und sie verkünden möchte. Falls sich Dr. Buhl hartnäckig zeigt, sagen Sie ihm, daß die Entscheidung für ihn von beträchtlichem beruflichen Interesse sein werde und daß ich seine Anwesenheit dringendst wünsche. Wenn Sie ihn sofort anrufen, erreichen Sie ihn vielleicht, ehe er seine Krankenbesuche beginnt.«
»Ist das alles?«
»Im Augenblick, ja. Ich brauche etwas mehr Zeit für Saul.«
Ich verließ die beiden.

7

Es war zwanzig Minuten vor zwölf, als Wolfe hereinkam, nachdem ich ihm durchs Haustelefon Bescheid gesagt hatte, daß die Gesellschaft vollzählig sei. Er marschierte zu seinem Schreibtisch und pflanzte sich dahinter auf. Am Telefon hatten Dr. Buhl und ich uns, nach einer heftigen Debatte, auf elf Uhr dreißig geeinigt, aber er kam trotzdem zehn Minuten zu spät.

Ich hatte David den roten Ledersessel zugeteilt, weil er das Oberhaupt der Familie war. Dr. Buhl und Paul und die Tuttles saßen in einer Stuhlreihe vor Wolfes Schreibtisch, und Paul saß neben mir. Ich wollte ihn griffbereit haben, falls es Johnny Arrow einfiel, eine neue Rechts-Links-Kombination an ihm auszuprobieren. Arrow und Anne saßen weiter hinten, Seite an Seite, hinter Dr. Buhl. Saul Panzer hatte drüben neben dem großen Globus einen der gelben Stühle inne, und seine Füße berührten nur mit den Zehenspitzen den Boden. Er sitzt immer so da, selbst wenn wir nur ein Pinocle-Spielchen machen.

Wolfe faßte David scharf ins Auge. »Ich wurde beauftragt«, begann er, »Ermittlungen über den Tod Ihres Bruders anzustellen und zu entscheiden, ob die Polizei um eine Untersuchung gebeten werden sollte. Meine Entscheidung lautet: ja. Es ist in der Tat ein Fall für die Polizei.«

Sie räusperten sich und tauschten Blicke. Paul drehte seinen Kopf und stierte Johnny Arrow an. Louise Tuttle griff nach dem Arm ihres Mannes. Dr. Buhl erklärte mit Bestimmtheit: »Ich greife diese Entscheidung an. Als der behandelnde Arzt verlange ich, Ihre Gründe zu hören.«

Wolfe nickte. »Selbstverständlich, Doktor. Es ist Ihr gutes Recht, das zu verlangen. Natürlich wird die Polizei auch meine Gründe hören wollen, ebenso die anderen Anwesenden, und der Einfachheit halber werde ich meinen Bericht für Inspektor Cramer vom Morddezernat in Ihrer Gegenwart diktieren.« Sein Blick glitt über die Anwesenden. »Es wäre besser, wenn mich keiner von Ihnen unterbricht. Falls es Fragen gibt, beantworte ich sie, wenn ich fertig bin. Archie, Ihren Notizblock bitte. Zuerst einen Brief an Mr. Cramer.«

Ich schwang mich in meinem Drehstuhl herum, um mir Notizblock und Federhalter zu angeln, kreiselte zurück, kreuzte die Beine und legte den Block auf meine Knie. So saß ich der Versammlung gegenüber. »Startklar«, verkündete ich.

»Lieber Mr. Cramer. Ich halte es für angebracht, Ihre Aufmerksamkeit auf den Tod eines Mannes namens Bertram Fyfe zu lenken, der in der letzten Samstagnacht in seinem Apartment in den Churchill-Towers starb. Um diese Ansicht zu stützen, lege ich Ihnen die Protokolle der vor kurzem geführten Unterredungen mit sieben Personen bei, deren Personalangaben und ebenfalls einen Bericht über mein Untersuchungsergebnis. Mit vorzüglicher Hochachtung.«
Er wies mit dem Finger auf mich. »Sie werden die Protokolle und die Personalangaben fertigstellen, und der Bericht wird Ihnen sagen, was beigefügt und was fortgelassen werden soll. Beginnen Sie mit dem Bericht auf meinen Geschäftsbogen in der üblichen Form. Verstanden?«
»Okay.«
Er lehnte sich zurück und holte tief Luft. »Der Bericht: Da drei der betroffenen Personen, einschließlich des Verstorbenen, den Namen Fyfe tragen, werde ich ihre Vornamen gebrauchen. Pauls Mutmaßung betreffs des Morphiums verdient meines Erachtens keine Beachtung. Die Annahme, einer der Anwesenden habe tödliche Tabletten, gleich welcher Art, mitgebracht, die den Morphiumtabletten so sehr glichen, daß sie, ohne den Verdacht der Schwester zu erregen, ausgetauscht werden konnten, wäre in der Tat überspannt. Nur einer, Tuttle, der Drogist, hätte sich solche Tabletten besorgen können, aber selbst dann hätte er eine Gelegenheit abwarten müssen, sie unbeobachtet austauschen zu können. Eine sehr unwahrscheinliche Mutmaßung.«
»Einfach lächerlich«, warf Dr. Buhl ein. »Jede tödliche Substanz hätte Spuren hinterlassen, die ich entdeckt haben würde.«
»Das bezweifle ich, Doktor. Das ist eine Übertreibung, und ich würde Ihnen nicht raten, sie im Zeugenstand zu wiederholen. Ich bat Sie, mich nicht zu unterbrechen. – Archie?«
Ich sollte ihm die drei letzten Worte als Stichwort geben und tat, wie mir geheißen: »›sehr unwahrscheinliche Mutmaßungen‹.«
»Ja. – Deshalb wies ich nach einer Routineuntersuchung durch Mr. Goodwin einen Taschenspielertrick mit dem Morphium als Ausgeburt von Pauls boshafter Phantasie ab. Und in der Tat hätte ich die ganze Angelegenheit darauf zurückgeführt, wäre da nicht ein vertrackter Haken gewesen: die Wärmflaschen. – Absatz.
Ich war zu der Annahme gezwungen – und gewiß hätten Sie mir unter den gegebenen Umständen auch zugestimmt –, daß Paul die Wärmflaschen leer im Bett vorgefunden hatte. Das verwirrte

mich. Nachdem die Schwester gegangen war, hatte jemand irgendwann während der Nacht die Flaschen aus dem Bett genommen, sie entleert und zurückgelegt. Aus welchem Grund? – Das konnte nicht einfach beiseite geschoben werden. Ich quälte mich also damit herum. Ich schickte Mr. Goodwin nach Mount Kisco, um wegen des Morphiums Ermittlungen anzustellen, aber das war nur eine Routinemaßnahme. Für die leeren Wärmflaschen mußte irgendwie eine Erklärung gefunden werden. Ich betrachtete sie unter jedem möglichen Gesichtswinkel, in Zusammenhang mit jeder Äußerung, die jeder Betroffene mir vorgetragen hatte. Und von zwei Seiten kam mir die Erleuchtung. Die erste war eine mögliche Antwort auf die Frage: Welchen Zweck können leere Wärmflaschen in einem Bett besser erfüllen als volle Flaschen? Die zweite war die Tatsache, daß der Vater der Fyfes ebenfalls an Lungenentzündung gestorben war, nachdem jemand die Fenster geöffnet und ihn der Winterkälte ausgesetzt hatte. Ein Fenster für den Tod. Die Frage zusammen mit der Tatsache brachten mich auf einen Gedanken. – Absatz.

Ich führte drei Telefongespräche – nein, vier. Ich rief den Geschäftsführer der Schramm-Filiale in der Madison Avenue an und fragte ihn, wie er zwei Liter Eiscreme an einem heißen Sommernachmittag verpacke, wenn der Kunde sie eine längere Strecke im Wagen mitnehmen wolle. Er erklärte, die Eiscreme würde in einen Pappbehälter gepackt, der Behälter in einen Karton auf ein Bett Trockeneis gesetzt und mit Trockeneisbrocken an allen Seiten und obenauf bedeckt. Er sagte, das sei bei ihnen eine feststehende Regel. Ich rief Dr. Vollmer an, der in dieser Straße wohnt, und auf seine Anregung hin telefonierte ich mit einem leitenden Angestellten einer Firma, die Trockeneis herstellt. Ich erfuhr,

a) daß mehrere Pfund Trockeneis unter der Decke eines Patienten, der an Lungenentzündung leidet, sicherlich seine Temperatur wesentlich und wahrscheinlich gefährlich senken würden;

b) daß jedoch nur ein unter Aufsicht durchgeführtes Experiment beweisen könne, wie gefährlich die Temperatur sinken würde, daß das Trockeneis jedoch den Tod des Patienten herbeiführen könne;

c) daß das Trockeneis die Haut verbrennen würde, selbst wenn man einen Stoff darunterlegt, und augenfällige Wundmale hinterließe;

d) und daß eine Gummiflasche zwischen Eis und Körper ein vortreffliches Mittel wäre, Verbrennungen zu vermeiden. Mein vier-

ter Anruf . . . «
»Das ist unglaublich«, fiel Dr. Buhl ein. »Vollkommen unglaublich.«
»Ich stimme zu«, erklärte Wolfe ihm. »Ich mußte eine Erklärung für etwas Unglaubliches finden. Absatz. Mein vierter Anruf galt David Fyfe, den ich bat, mich aufzusuchen. Als nächstes mußte ich erfahren, was mit der Eiscreme geschehen war. Die Hypothese, die ich mir bildete, war nutzlos, wenn sich herausstellte, daß das Paket am Sonntag unberührt gewesen war; und als Mr. Goodwin aus Mount Kisco anrief, trug ich ihm auf, diese Frage zu klären. Er tat es bei Paul, Mr. und Mrs. Tuttle, Miss Goren und bei Mr. Arrow, und sie alle leugneten jede Kenntnis über den Verbleib der Eiscreme. Er . . . «
Louise Tuttles hohe dünne Stimme schnitt ihm das Wort ab: »Das ist nicht wahr! Ich sagte Mr. Goodwin, daß ich sie am Sonntag im Kühlschrank sah!«
Wolfe schüttelte den Kopf. »Sie erzählten ihm, daß Sie eine große Papiertüte gesehen hätten, von der Sie annahmen, daß sie die Eiscreme enthielt. Sie sahen nicht in die Tüte hinein. Sie sahen nicht das Trockeneis.« Sein Blick hielt den ihren fest. »Oder?«
»Antworte nicht darauf«, fiel Tuttle abrupt ein.
»Nein, wirklich!« Wolfes Brauen hoben sich. »Sind wir bereits an einem Punkt angelangt, wo Fragen nicht mehr beantwortet werden dürfen? Sahen Sie in die Tüte hinein, Mrs. Tuttle?«
»Nein, ich tat es nicht!«
»Dann will ich fortfahren. – Archie?«
Ich gab ihm das Stichwort: »›Verbleib der Eiscreme. Er!‹«
»Ja. Er ging auch in das Apartment, sah in den Kühlschrank und fand keine Spur von der Eiscreme. Ich selbst hatte David gefragt, und auch er behauptete, nichts davon zu wissen. So nahm meine Hypothese jetzt Gestalt an. Jemand hatte sich die Eiscreme angeeignet und sprach nicht die Wahrheit. Falls das Trockeneis in der angedeuteten Weise benutzt worden war, um den Kranken zu töten, so konnte das natürlich nie bewiesen werden, da Trockeneis keinerlei Spuren hinterläßt, und meine Vermutung würde nie eine Bestätigung finden. Ich mußte das Problem von einer anderen Seite her anpacken. Tatsächlich hatte ich schon Anstalten dazu getroffen, als ich gewisse Fragen an David Fyfe richtete und Saul Panzer kommen ließ. Sie kennen Saul Panzer. – Absatz.
Es waren einige Andeutungen gefallen, wie Sie den beigefügten Protokollen der Unterhaltungen entnehmen werden. Bert Fyfe

hatte wegen des Mordes an seinem Vater vor Gericht gestanden und war freigesprochen worden. Er hatte die Zeugenaussagen seiner Schwester und seiner Brüder bei der Gerichtsverhandlung übelgenommen; und die Hauptstütze seiner Verteidigung beruhte auf einem Alibi, für das sein Freund Vincent Tuttle sorgte, der aussagte, daß sie in dem Gasthaus, wo beide ihr Zimmer hatten, zusammen Karten gespielt hätten. Mr. Arrow zufolge war Bert nicht aus geschäftlichen Gründen nach New York gekommen, sondern, wie Arrow es ausdrückte, weil etwas an ihm von ›früher her nagte‹. Arrow selbst kam natürlich als Verdächtiger nicht in Frage, da er am Samstag die Nacht auf einer Polizeiwache verbrachte. Da gab es noch andere Punkte, deren Bedeutung Ihnen nicht entgehen wird – der wichtigste davon ist die Tatsache, daß Bert nicht nur die Wirtin, bei der er vor zwanzig Jahren ein Zimmer gemietet hatte, aufsuchen wollte, sondern keine Mühe scheute, sie zu sprechen, als er nach Poughkeepsie fuhr, weil sie inzwischen dorthin verzogen war. Wie Sie aus dem Protokoll meiner Unterhaltung gestern nachmittag mit David entnehmen können – das muß ich Ihnen noch geben, Archie –, hatte Bert in diesem Gasthaus nur kurze Zeit gewohnt, ungefähr zwei Monate, kaum eine ausreichende Zeitspanne, um eine so starke Beziehung zu festigen, daß er sie noch nach zwanzig Jahren so beharrlich suchen sollte. Die gerechtfertigte Folgerung war, daß er einen bestimmten Zweck damit verfolgte. – Absatz.
Weitere vielsagende Hinweise lieferte David gestern nachmittag als Erwiderung auf meine Fragen. Nach dem Tod der Mutter war das Verhalten seines Vaters seinen Kinder gegenüber nicht sehr herzlich gewesen. Er hatte Bert befohlen, sein Elternhaus zu verlassen und nicht wiederzukommen. Er, David und auch Paul kamen schlecht mit ihrem Vater aus. Seiner Tochter hatte er die Erlaubnis verweigert, ihren Freund, Vincent Tuttle, zu heiraten, der damals Angestellter in einem Drugstore in Mount Kisco war, und hatte ihr befohlen, alle Beziehungen abzubrechen. Nach seinem Tod hatte sie Tuttle geheiratet und später den Drugstore mit ihrem Erbteil gekauft. Ich wußte natürlich aus einer früheren Unterredung, daß die Erbmasse zu gleichen Teilen unter den Kindern aufgeteilt worden war.«
Wolfe wandte den Kopf. »Ehe ich fortfahre, möchte ich Sie Mr. Tuttle, bitten, mir zwei Fragen zu beantworten. Ist es wahr, daß Bert am Tag, bevor er krank wurde, in Ihrer Gegenwart davon sprach, Mrs. Dobbs, seine und Ihre frühere Zimmerwirtin, aufge-

sucht und mit ihr gesprochen zu haben?«
Tuttle befeuchtete seine Lippen mit der Zunge. »Ich glaube nicht«, krächzte er. Er räusperte sich. »Nicht, daß ich mich erinnern kann.«
»Aber natürlich sprach er davon, Vince«, rief David. Er sah Wolfe an. »Ich habe es Ihnen ja gestern erzählt.«
»Ich weiß. Ich teste nur sein Gedächtnis.« Er nahm Paul aufs Korn. »Erinnern Sie sich daran?«
»Ja.« Paul beäugte Tuttle. »Ja, Sie haben verdammt recht, daß ich mich daran erinnere. Er sagte später, daß er sie, sobald er wieder gesund sei, noch einmal aufsuchen würde.«
Wolfe grunzte. »Ich will Sie nicht fragen. Mrs. Tuttle.« Er faßte ihren Mann wieder scharf ins Auge. »Die andere Frage: Wo waren Sie gestern abend von sechs bis zehn Uhr?«
Das schlug ihn völlig nieder. Damit hatte er nicht gerechnet und war nicht darauf vorbereitet. »Gestern abend?« fragte er lahm.
»Ja. Von sechs bis zehn Uhr. Um Ihr Gedächtnis aufzufrischen: gegen fünf Uhr dreißig verließ Mr. Goodwin Sie, nachdem er Sie und Ihre Frau nach der Eiscreme gefragt hatte.«
»Mein Gedächtnis ist vollkommen in Ordnung«, versicherte Tuttle, »aber so etwas brauche ich mir nicht gefallen zu lassen. Ich muß Ihnen über meine Handlungen keine Rechenschaft ablegen.«
»Dann lehnen Sie es also ab, zu antworten?«
»Sie haben kein Recht, mich auszufragen. Es geht Sie nichts an.«
»Sehr gut. Ich dachte lediglich, Sie hätten das Recht, eine Erklärung abzugeben. – Archie?«
Da es eine lange Unterbrechung gewesen war, gab ich ihm mehr als drei Worte. Ich sah auf meinen Notizblock »› . . . daß die Erbmasse zu gleichen Teilen unter den Kindern aufgeteilt worden war.‹«
Wolfe nickte. »Absatz. – Sie werden aus dem Protokoll meiner Unterredung mit Mr. Arrow ersehen, daß er als Zeuge dabei war, als Bert seinen Verwandten von dem Besuch bei seiner ehemaligen Wirtin berichtet hat. David bestätigte das gestern abend und nannte mir auch den Namen der Wirtin: Mrs. Robert Dobbs. Es war natürlich wünschenswert, zu erfahren, was Bert von Mrs. Dobbs gewollt hatte, und da Mr. Goodwin für andere Aufträge zur Verfügung stehen mußte, ließ ich Saul Panzer kommen und schickte ihn nach Poughkeepsie. David wußte die genaue Adresse der Wirtin nicht, und es dauerte eine Weile, bis Mr. Panzer sie

ausfindig machte. Es war fast zehn Uhr, als er das Haus, in dem sie mit ihrer verheirateten Tochter lebt, fand. Als er sich der Haustür näherte, wurde sie geöffnet, und ein Mann trat heraus. Er trat Mr. Panzer in den Weg und wollte hören, wen Saul Panzer besuchen wolle. Mr. Panzer ist sehr mißtrauisch und äußerst verschwiegen, wie Sie wissen. Er erwiderte, daß er Jom Heaton besuchen wolle, denn er hatte den Namen von Mrs. Dobbs' Schwiegersohn bei seinen Nachforschungen erfahren. Daraufhin ging der Mann seines Wegs. Als Mr. Panzer mir später Bericht erstattete, beschrieb er mir den Mann, und die Beschreibung paßte auf Vincent Tuttle. Beide sind jetzt in meinem Büro, und Mr. Panzer identifiziert Mr. Tuttle als den Mann, den er gestern abend aus dem Haus treten sah.«
Wolfe wandte sich um. »Saul?«
»Ja, Sir. Bestimmt.«
»Mr. Tuttle, möchten Sie sich dazu äußern?«
»Nein.«
»Das ist sehr weise von Ihnen, glaube ich.« Er drehte sich wieder zu mir um. »Absatz. – Ehe ich den vorhergehenden Absatz diktierte, fragte ich Mr. Tuttle, wo er gestern abend gewesen sei, und er weigerte sich, es mir zu sagen. Ich fügte ebenfalls ein Protokoll des Gesprächs zwischen Mr. Panzer und Mrs. Dobbs bei. Ich muß gestehen, daß es alles andere als beweiskräftig ist. Mrs. Dobbs wollte den Mann, der gerade das Haus verlassen hatte, nicht näher beschreiben. Sie wollte nicht den Zweck von Bert Fyfes Besuch enthüllen. Sie wollte auf keinen Fall über die Geschehnisse jener Winternacht vor zwanzig Jahren sprechen. Das läßt natürlich vielsagende Schlußfolgerungen zu.
War das Alibi, das Tuttle Bert gegeben hatte, ein Schwindel und Bert wagte nicht, das zu bestreiten? Weiß Mrs. Dobbs, daß das Alibi ein Schwindel war? Verließ Tuttle und nicht Bert das Gasthaus in jener stürmischen Nacht? Hatte Mrs. Dobbs das bemerkt? Ging Tuttle zu dem Haus der Familie Fyfe, wurde von Louise eingelassen, löste ein Schlafmittel in ihrem Kakao auf, kehrte später zurück und öffnete die Fenster von außen? Ich beschuldige ihn nicht, aber die Fragen stellen sich von selbst. Ich war nicht beauftragt worden, Beweismaterial zur Überführung eines Mörders zu finden, sondern sollte nur entscheiden, ob eine Polizeiuntersuchung angebracht ist. Und ich glaube, sie ist es, wie Sie aus den aufgeführten Gründen ersehen können. Ich rief Sie heute morgen an, um vorzuschlagen, die Polizei in Poughkeepsie zu bitten, Mrs.

Dobbs und ihr Haus zu überwachen. Ich sagte, ich würde Ihnen umgehend mitteilen, warum. Das ist hiermit geschehen. – Absatz. Viele Fragen stellen sich auch von selbst, was den Tod von Bert Fyfe betrifft. Nur eine Frage als Beispiel. Angenommen, Vincent Tuttle, aus Angst vor der Entdeckung eines früheren Verbrechens, unternimmt es erneut, einen Mann an Lungenentzündung sterben zu lassen. Diesmal benützt er kein offenes Fenster, sondern Trockeneis. Warum ließ er aber dann die Papiertüte in jener Nacht im Kühlschrank zurück, wahrscheinlich noch mit der Eiscreme darin? Beantworten Sie das, wie Sie wollen, da er selbst dazu nicht Stellung nimmt. Vielleicht wußte er gar nicht, daß es einen Müllschlucker in der Anrichte gibt; und dann, als er ihn am Sonntag nachmittag entdeckte, nahm er die erste Gelegenheit wahr, um das Ding hineinzubefördern. Was das Trockeneis anbelangt, so hinterläßt es keine Spuren, deshalb gibt es kein Indiz dafür. Doch Spezialisten werden Sie sicherlich mit entscheidenden Schlußfolgerungen versorgen. Die Eisklumpen waren natürlich nicht in die Flaschen gefüllt worden, die schlaffen leeren Gummiflaschen wurden lediglich als Isolierung benutzt, um jede Berührung des Eises mit dem Körper zu verhindern. Wahrscheinlich kann Ihnen ein Spezialist sagen, in welcher Zeit kleine Trockeneisklumpen verdampft sind, aber dieser Punkt ist nicht wesentlich, da Mr. Tuttle in der Wohnung war und jederzeit die Möglichkeit hatte, den Rückstand, falls es einen gab, zu entfernen, ehe Paul die Leiche entdeckte. Diese und andere Fragen überlasse ich Ihnen! Ich habe den Auftrag, den man mir gab, ausgeführt, und ich glaube nicht, daß Sie es für nötig halten werden, mich um Rat zu fragen. Die gesamten Informationen, die ich besitze, gehen Ihnen deshalb mit diesem Schreiben zu.«

Wolfe stützte die Handflächen auf die Sessellehnen und nahm die Zuhörerschaft aufs Korn. »Das wär's«, erklärte er. »Ich wollte Ihnen berichten, aber dann das Ganze noch einmal vor Mr. Cramer wiederkäuen. Deswegen das Diktat. Irgendwelche Fragen?«

David saß zusammengekauert im roten Ledersessel und starrte auf den Fußboden. Bei Wolfes Frage hob er langsam den Kopf und ließ seine Augen gemächlich über alle hingleiten, bis sein Blick schließlich auf Wolfe haften blieb. »Eigentlich sollte ich betrübt sein«, quetschte er hervor, »aber ich bin es nicht. Ich glaubte immer, Bert habe seinen Vater getötet. Ich glaubte, daß Vinces Alibi falsch war, daß er log, um Bert zu retten, aber jetzt begreife ich es. Ohne das Alibi wäre Bert wahrscheinlich schuldig gespro-

chen worden, also hat es ihn gerettet, aber es hat auch Vince gerettet. Natürlich wußte Bert, daß es nicht stimmte, daß er und Vince den ganzen Abend beisammen gewesen seien, falls er jedoch angegeben hätte, daß Vince für eine Weile das Gasthaus verlassen habe, hätte das auch sein eigenes Alibi vernichtet. Das wagte er nicht – und er wußte auch nicht, daß Vince unseren Vater getötet hatte. Er mochte es vermutet haben, aber er wußte es nicht bestimmt. Jetzt ist mir alles klar. Ich verstehe selbst die Rolle, die Mrs. Dobbs spielte.« Er runzelte die Stirn. »Ich versuche mich an ihre Zeugenaussage zu erinnern. Sie behauptete, sie habe keinen der beiden hinausgehen hören, wahrscheinlich hörte sie aber doch etwas und wußte sogar, wer das Gasthaus verlassen hat. Hätte sie aber ausgesagt, daß einer von ihnen das Haus verlassen habe, so hätte das Berts Alibi zerstört. Sie mochte Bert schrecklich gern und konnte unseren Vater nicht leiden. Es gab nicht viele, die ihn leiden konnten.«
Er wollte wohl noch etwas hinzufügen, änderte jedoch seinen Sinn, erhob sich und wandte sich an seinen Bruder. »War es diese Spur, die du verfolgt hast, Paul? Hattest du ihn im Verdacht?«
»Zum Teufel, nein!« stieß Paul rauh hervor. »Du weißt verdammt gut, was ich argwöhnte und wen ich im Verdacht hatte; und wenn dieser Fettmops recht hat mit dem Trockeneis« – er schnellte aus seinem Stuhl und wirbelte zu Johnny Arrow herum –, »warum konnte nicht er es gewesen sein? Er hatte einen Schlüssel zum Apartment! Ich habe nie gesagt, daß ich genau wußte, wie er es angestellt hat! Und wenn Sie – laß mich los!«
David war hervorgetreten und hatte Pauls Arm gepackt, und eine Sekunde lang dachte ich, Paul würde seinen älteren Bruder zusammenschlagen; aber offenbar kannte ihn David besser als ich. David sagte nichts, aber das war auch nicht nötig. Er umklammerte nur Pauls Arm, bugsierte ihn hinter den anderen Stühlen entlang und steuerte auf den Flur zu. Sie verschwanden, und Saul stand auf, um sie hinauszulassen.
»Ich habe keine Fragen«, sagte Dr. Buhl. Er erhob sich, sah auf Tuttle hinunter und dann auf Wolfe. »Mein Gott, nach zwanzig Jahren! Sie benutzten den Ausdruck ›ein Fenster für den Tod‹. Jetzt haben Sie fürwahr eines geöffnet.« Er senkte seinen Blick nieder. »Louise, Sie sind beinahe Ihr ganzes Leben meine Patientin gewesen. Brauchen Sie mich? Kommen Sie zurecht?«
»Mir geht es gut.« Ihre hohe, dünne Stimme unterdrückte mühsam ein Wimmern. »Ich kann es nicht glauben.«

Buhl wollte noch etwas sagen, ließ es aber und machte auf dem Absatz kehrt. Wolfe sprach zu Mann und Frau, den Besitzern eines gutgehenden Drugstores: »Wenn Sie keine Fragen haben, können Sie auch gehen.«
Louise biß sich auf die Lippen und zupfte ihren Mann am Ärmel. Er atmete tief, legte eine Hand auf ihre Schulter, hievte sich aus dem Stuhl, und sie erhoben sich gleichzeitig. Seite an Seite schritten sie auf die Tür zu, und ich überließ sie ebenfalls Saul. Als sie außer Sicht waren, warf Wolfe einen Blick in Richtung des Paares im Hintergrund und fragte scharf: »Na, habe ich Sie vielleicht hereingelegt?«
Verdammt will ich sein, wenn die beiden nicht Händchen hielten, und das immer noch, während sie aufstanden und zum Schreibtisch traten. Ich verstehe mich ausgezeichnet auf Händchenhalten, aber bitte nicht in aller Öffentlichkeit! Anne sah so aus, als ob sie gegen ihren Willen weinen würde. Glücklicherweise hielt sie Johnnys linke Hand, denn die rechte wollte er gebrauchen. Als sie vor dem Schreibtisch standen, streckte er sie aus und sagte: »Lassen Sie mich Ihre Hand schütteln, Mr. Wolfe.«

8

Zum Schluß sollte ich noch etwas klarstellen. Da Johnny und Anne bei jenem letzten Auftritt gar keine Rolle spielen mußten, warum hatte mir dann Wolfe aufgetragen, sie einzuladen? Ich brauchte ihn nicht erst zu fragen. Ich kenne ihn. Ein mieser Tausender ist ein recht dürftiges Honorar für eine Mörderjagd, und wenn Johnny Arrow eingeladen wurde, um den säuberlichen Vorgang zu beobachten, wie der Bursche, der seinen Partner getötet hatte, zur Strecke gebracht wurde, mochte er geneigt sein, seine Anerkennung durch Beisteuerung eines kleinen Klumpens Uran zu zeigen. Das war zweifellos beabsichtigt gewesen. Wochenlang hielt ich beim Durchblättern der Morgenpost Ausschau nach einem Kuvert mit seiner Heimatadresse. Es kam nie, und ich gab es auf, darauf zu warten.
Aber letzte Woche, genau vier Tage, nachdem die Geschworenen Vincent Tuttle des Mordes an Bertram Fyfes Vater schuldig gesprochen hatten – man hatte sich für diese Anklage entschieden, da es ein handfester Fall war, nachdem Mrs. Dobbs ein Geständ-

nis abgelegt hatte –, erhielten wir einen Umschlag mit dem Absender »Fyfe-Arrow-Minen-Gesellschaft, Montreal«, und als ich ihn aufriß und den Betrag auf dem Scheck erspähte, hob ich meine Brauen so hoch, wie es nur ging. Ein wirklich hübscher Batzen.

Ein Brief war nicht dabei, aber das war verständlich. Er hatte keine Zeit zum Briefeschreiben. Er war viel zu sehr damit beschäftigt, seiner Frau zu zeigen, wie man Uran schürft.

Alibi nach Maß

1

Sie erklärte, vor Angst umzukommen, doch die Farbe ihres Gesichts erleichterte es mir nicht gerade, ihren Worten Glauben zu schenken.

»Vielleicht bin ich nicht deutlich genug gewesen«, beharrte sie und knetete an ihren Fingern herum, obgleich ich sie gebeten hatte, damit aufzuhören. »Ich erfinde nicht irgend etwas, wirklich nicht. Wenn man einmal versucht hat, mir eine Falle zu stellen, ist das nicht Grund genug anzunehmen, daß man es noch einmal tun wird?«

Wäre die Farbe ihrer Wangen das Produkt eines Kosmetiksalons gewesen oder hätte man die Flecken darauf damit erklären können, daß die Furcht in ihrem Herzen den Blutdruck hinaufdrückte, so hätte mich das Ganze wahrscheinlich mehr berührt. Doch bei ihrem ersten Anblick wurde ich an ein Kalenderbild erinnert, das die Wand von Sams Imbißstube in der 11. Avenue zierte. Es ist das Bild eines pausbackigen Mädchens, das in der einer Hand einen Eimer hält und deren andere auf der Flanke einer Kuh ruht, die sie gerade gemolken hat oder melken wollte. Das war ihr Ebenbild bis aufs I-Tüpfelchen: Hautfarbe, Gestalt, Unschuld, alles.

Sie gab das Fingerkneten auf, um ihre Hände zu festen kleinen Fäusten zu ballen und sie in ihre Hüften zu stemmen. »Ist er tatsächlich ein so aufgeblasener Pavian?« wollte sie wissen. »In zwanzig Minuten werden sie hier sein, und ich muß ihn unbedingt vorher sprechen!« Plötzlich schnellte sie aus ihrem Stuhl hoch. »Wo ist er? Oben?«

Da ich sie im Verdacht hatte, plötzlichen Impulsen unterworfen zu sein, hatte ich vorsorglich, anstatt zu meinem Schreibtisch hinüberzugehen, eine Hab-acht-Stellung zwischen ihr und der Tür zum Flur eingenommen.

»Geben Sie's auf«, riet ich ihr. »Wenn Sie stehen, zittern Sie zu sehr. Das fiel mir schon auf, als Sie hereinkamen, deshalb sollten Sie sich lieber setzen. Ich habe versucht, Ihnen darzulegen, Miss

Rooney, daß dieses Zimmer zwar Mr. Wolfes Büro, der Rest des Hauses jedoch seine Privatwohnung ist. Von neun bis elf Uhr vormittags und von vier bis sechs Uhr nachmittags kultiviert er ausschließlich sein Privatleben in Gestalt von Orchideen oben in den Treibhäusern, und bedeutendere Geister als Sie mußten sich schon damit abfinden. Aber, soweit ich Sie bereits kennengelernt habe, halte ich Sie durchaus für lieb und nett, und ich will Ihnen deswegen einen Gefallen tun.«

»Was für einen?«

»Setzen Sie sich und hören Sie mit dem Zittern auf.«

Sie ließ sich nieder.

»Ich werde nach oben gehen und ihm von Ihnen erzählen.«

»Was wollen Sie ihm erzählen?«

»Ich werde ihn daran erinnern, daß ein Mann namens Ferdinand Pohl heute morgen anrief und vereinbarte, daß er und vier weitere Personen um sechs Uhr hierherkommen wollen, um Mr. Wolfe zu sprechen, und daß es nur noch sechzehn Minuten bis dahin sind. Ich werde ihm berichten, daß Sie Audrey Rooney heißen und eine der vier anderen Personen sind, daß Sie recht hübsch und vielleicht auch lieb sind und daß Sie außer sich vor Angst sind, weil – wie Sie behaupten – die anderen zwar so tun, als ob sie glaubten, Talbott sei es gewesen, in Wirklichkeit aber darauf aus sind, Ihnen etwas anzuhängen, und . . .«

»Nicht alle.«

»Einige von ihnen. Ich werde ihm klarmachen, daß Sie vor der vereinbarten Zeit hergekommen sind, um ihn allein zu sprechen und ihm mitzuteilen, daß Sie niemanden, und ganz besonders nicht Sigmund Keyes, umgebracht haben, und um ihn zu warnen, daß er bei diesen Halunken wie ein Habicht achtgeben soll.«

»Es hört sich verrückt an – auf diese Art!«

»Ich werde Gefühl hineinlegen.«

Sie stand wieder von ihrem Stuhl auf, näherte sich mir mit drei behenden Schritten, stemmte ihre Handflächen gegen meine Rockaufschläge und legte den Kopf zurück, um mir in die Augen zu blicken.

»Sie können bestimmt auch recht lieb sein«, säuselte sie hoffnungsvoll.

»Das hieße die Erwartungen zu hoch schrauben«, dämpfte ich ihre Begeisterung, während ich auf dem Absatz kehrt machte und mich in Richtung Flurtreppe davontrollte.

2

Ferdinand Pohl hatte soeben das Wort.

Nachdem ich mich also in unserem Büro niedergelassen und meinen Stuhl so gedreht hatte, daß mein Rücken gegen meinen Schreibtisch zu lehnen kam, während Wolfe selbst hinter seinem Schreibtisch zu meiner Linken thronte, nahm ich Pohl erst einmal unter die Lupe. Er war fast doppelt so alt wie ich. Er saß mit übereinandergeschlagenen Beinen im roten Ledersessel jenseits von Wolfes Schreibtisch und hatte die Hosenbeine so hochgezogen, daß zehn Zentimeter nackte Haut oberhalb seiner haarlosen Socken hervorlugten. Nichts an ihm lenkte die Aufmerksamkeit auf sich, außer einer ungewöhnlichen Anzahl Gesichtsfalten; und überhaupt nichts an ihm flößte besondere Zuneigung ein.

»Der Grund unserer Zusammenkunft«, hob er in dünnem, grämlichen Ton an, »und was uns gerade hier zusammenführte, ist unsere übereinstimmende Ansicht, daß Sigmund Keyes von Victor Talbott ermordet wurde, und wir sind ebenfalls überzeugt, daß . . .«

»Aber nicht einstimmig«, berichtigte eine andere Stimme. Es war eine samtweiche Stimme, eine wahre Wohltat fürs Ohr, so wie ihre Eigentümerin ein richtiger Augenschmaus war. Besonders ihr Kinn gehörte zu jener Sorte, die von jedem Gesichtswinkel aus wirkt. Der einzige Grund, weshalb ich sie nicht in den mir zunächststehenden Stuhl komplimentiert hatte, war der, daß sie bei ihrer Ankunft mein Begrüßungslächeln nur mit einem Hochziehen der Brauen beantwortet hatte, und ich bei mir selbst beschloß, sie zum Teufel zu schicken, bis sie sich wieder auf ihre Manieren besann.

»Nicht einmütig, Ferdy«, wandte sie ein.

»Sie gaben vor«, sagte Pohl zu ihr, noch eine Nuance verdrießlicher, »mit unserer Sache zu sympathisieren, und haben sich deshalb unserem gemeinsamen Gang hier angeschlossen.«

Als ich die beiden so vor mir sah und ihre Stimmen hörte, vermerkte ich im Geist, daß sie einander haßten. Sie kannte ihn länger als ich, da sie ihn mit Ferdy titulierte, doch offensichtlich war sie mit mir der Meinung, daß nichts an ihm Sympathie einflößte. In mir gewann soeben das Gefühl die Oberhand, zu hart mit ihr umgegangen zu sein, als ich sah, wie sie Ferdy mit einem Hochziehen ihrer Brauen bedachte.

»Das«, verkündete sie, »hat nichts mit der Ansicht zu tun, daß Vic

meinen Vater ermordet haben soll. Ich habe keine Meinung, denn ich weiß nichts darüber.«
»Womit sympathisieren Sie dann also?«
»Ich möchte Klarheit haben. Und Sie ebenfalls. Und ich stimme gewiß mit Ihnen überein, daß die Polizei sich äußerst dämlich anstellt.«
»Wer tötete ihn Ihrer Meinung nach, wenn nicht Vic?«
»Das weiß ich nicht.« Ihre Brauen turnten wieder in die Höhe. »Aber da ich das Unternehmen meines Vaters geerbt habe und da ich mit Vic verlobt bin und noch aus einigen anderen Gründen, möchte ich es gern herausfinden. Deshalb bin ich mit Ihnen zusammen hier.«
»Sie haben hier nichts zu suchen!«
»Ich bin hier, Ferdy.«
»Ich sage, Sie haben hier nichts verloren!« Pohls Gesichtsfalten setzten sich in Bewegung. »Das sage ich, und dabei bleibe ich! Wir, das heißt wir vier, kamen mit einem bestimmten Vorsatz hierher, nämlich Nero Wolfe zu veranlassen, den Beweis zu erbringen, daß Vic Ihren Vater umgebracht hat!« Pohl nahm plötzlich seine übereinandergeschlagenen Beine auseinander, beugte sich vor, um Dorothy Keyes direkt ins Gesicht zu stieren, und fragte heimtückisch leise: »Und – wenn Sie ihm dabei halfen?«
Drei andere Stimmen erhoben sich auf der Stelle. Eine sagte: »Da liegen sie sich wieder in den Haaren!« Eine andere: »Man gebe Mr. Broadyke das Wort.« Eine dritte: »Befördern Sie einen von ihnen an die frische Luft.«
Wolfe machte dem ein Ende: »Wenn sich der Auftrag darauf beschränkt, Mr. Pohl, zu beweisen, daß ein von Ihnen bezeichneter Mann einen Mord beging, so haben Sie Ihre Zeit hier vergeudet. Wenn nämlich nicht er der Mörder war – was dann?«

3

Zahlreiche Auftritte hatten sich in diesem Büro in der ersten Etage des alten Sandsteinhauses, dessen Besitzer Nero Wolfe war, schon abgespielt, im Laufe der Jahre, die ich für ihn tätig gewesen bin, und zwar nicht nur als sein treuer »Freitag«, sondern auch am Sonnabend, Sonntag, Montag, Dienstag, Mittwoch und Donnerstag.

Doch die Zusammenkunft im Büro an jenem Dienstagnachmittag im Oktober hatte ihren eigenen, ganz besonderen Reiz. Sigmund Keyes, Industrieplaner ganz großer Klasse, war am vergangenen Dienstag, also genau vor einer Woche, ermordet worden. Ich hatte über den Fall in den Zeitungen gelesen und auch Gelegenheit gefunden, ihn im privaten Kreis von meinem Freund und Widersacher, Sergeant Purley Stebbins von der Mordabteilung, diskutiert zu hören, und aus der fachmännischen Perspektive eines Detektivs gesehen, schien dieser Mord ein Fall aus dem Kuriositätenkabinett zu sein.
Keyes hatte der Gewohnheit gehuldigt, fünf Tage in der Woche um 6 Uhr 30 früh einen Morgenspaziergang im Park zu unternehmen, und zwar in der anstrengenden und albernen Weise, sich auf vier statt auf zwei Beinen fortzubewegen. Er hatte diese vier Beine, deren Besitzer er war und die auf den Namen Casanova hörten, in der Stillwell-Reitakademie in der 98. Straße westlich des Parks untergestellt. An jenem Morgen bestieg er Casanova wie gewöhnlich pünktlich um 6 Uhr 30 und ritt in den Park. Vierzig Minuten später, um 7 Uhr 10, war er von einem berittenen Polizisten, der sich im Park auf Patrouille befand, weiter südlich in der Höhe der 66. Straße gesehen worden. Das stimmte ungefähr mit seiner üblichen fahrplanmäßigen Zeiteinteilung überein. Fünfundzwanzig Minuten später, um 7 Uhr 35, hatte Casanova weiter nördlich den Park herrenlos verlassen und war die Straße hinunter zur Reitakademie getrabt. Das hatte natürlich allgemeine Neugierde erregt, die eine dreiviertel Stunde später befriedigt worden war, als ein Polizist, der im Park Dienst hatte, Keyes' Leiche hinter einem Gestrüpp einige zwanzig Meter vom dem Reitpfad entfernt in der Höhe der 95. Straße gefunden hatte. Später hatte man die Kugel eines Revolvers vom Kaliber 38 aus seiner Brust entfernt. Die Polizei hatte aus Spuren auf dem Reitpfad und der angrenzenden Wiese geschlossen, daß man ihn aus seinem Sattel geschossen und er unter großer Anstrengung versucht hatte, eine kleine Böschung, die zu einem gepflasterten Fußsteig führte, zu erklimmen, doch sein Leben nicht mehr hinreichte, um das zu schaffen.
Ein Reiter – angesichts des Empire State Buildings aus seinem Sattel geschossen – das war natürlich ein gefundenes Fressen für die Sensationsblätter, und auch andere Zeitungen wußten es zu würdigen. Man hatte weder eine Waffe noch Augenzeugen gefunden. Nicht ein einziger Bürger war vorgetreten, um zu mel-

den, er habe einen maskierten Mann hinter einem Baum lauern sehen. Das kam wahrscheinlich daher, daß nur sehr wenige New Yorker eine unverfängliche Erklärung dafür anbieten konnten, was sie um diese Zeit überhaupt im Park zu suchen hatten.
So mußten die Beamten das Pferd vom Schwanz her aufzäumen und nach Motiven und Gelegenheit Ausschau halten. Während der vergangenen Woche waren eine Reihe von Namen erwähnt worden, eine Anzahl Personen hatte offiziellen Besuch erhalten, und das Ergebnis war, daß sich das Scheinwerferlicht auf sechs Hauptfiguren konzentriert hatte. So brachten es die Zeitungen, und so erfuhr ich es von Purley Stebbins. Was dem Auftritt in unserem Büro an jenem Dienstagnachmittag seinen besonderen Reiz verlieh, war die Tatsache, daß fünf dieser sechs Hauptfiguren vor uns aufgereiht saßen und offensichtlich Wolfe dazu bringen wollten, den grellen Strahl des Scheinwerferlichts von ihnen abzuwenden, um es ausschließlich auf die sechste Hauptfigur, die durch Abwesenheit glänzte, zu fixieren.

4

»Erlauben Sie mir die Bemerkung«, erhob Frank Broadyke seinen kultivierten Bariton, »daß Mr. Pohl sich ungeschickt ausgedrückt hat. Der Fall liegt so, Mr. Wolfe: Mr. Pohl hat uns zusammengetrommelt, und wir stellten fest, daß ein jeder von uns sich unbilligerweise belästigt fühlt. Wir behaupten nicht nur, daß jeder zu Unrecht eines Verbrechens, das er nicht beging, verdächtigt wird, sondern auch, daß die Polizei im Laufe einer vollen Woche nichts erreicht hat und wenig Aussicht besteht, daß sich das ändert. Damit würde dieser ungerechtfertigte Verdacht für immer auf uns haften bleiben.«
Broadyke machte eine Handbewegung. Nicht nur sein Bariton war es, nein, der ganze Mann war kultiviert. Er war ein wenig jünger als Pohl, aber als ein Mann von Welt stellte er diesen weit in den Schatten. Sein Benehmen ließ darauf schließen, daß er sich bei uns nicht ganz wohl in seiner Haut fühlte, da er (a) in dem Büro eines Privatdetektivs saß, was schlechthin vulgär war, und es ihn (b) in Verlegenheit brachte, dorthin mit Leuten gekommen zu sein, mit denen er gewöhnlich keinen Umgang pflegte, und daß (c) das Thema der Besprechung in Verbindung mit einem Mord

stand, was einfach ungeheuerlich war.
Er fuhr fort: »Mr. Pohl schlug vor, Sie um Rat zu fragen und Ihre Dienste in Anspruch zu nehmen. Erlauben Sie mir als einem, der mit Freuden seinen Anteil an der Rechnung bezahlen will, die Bemerkung, daß mir einzig daran liegt, von diesem ungerechten Verdacht befreit zu werden. Falls Sie das nur erreichen können, indem Sie den Verbrecher und Beweise gegen ihn finden, soll es mir recht sein. Falls sich herausstellt, daß Victor Talbott der Schuldige ist, wäre es mir noch angenehmer.«
»Dabei gibt es kein ›falls‹!« platzte Pohl heraus. »Talbott war es, und es geht darum, es ihm zu beweisen!«
»Mit meiner Hilfe, Ferdy, vergessen Sie's nicht«, säuselte Dorothy Keyes ihm zu.
»Puh, mottet endlich das Kriegsbeil ein!«
Die Blicke wandten sich dem Sprecher zu, dessen einziger Beitrag bisher die Bemerkung: »Da liegen sie sich wieder in den Haaren!« gewesen war. Auch die Köpfe mußten sich zu ihm wenden, da er am anderen Ende des Halbkreises, etwas im Hintergrund, saß. Seine hohe Fistelstimme paßte gut zu seinem Namen, Wayne Safford, jedoch nicht zu seiner breiten, derben Gestalt und seinen starken, groben Gesichtsknochen. Den Unterlagen zufolge war er achtundzwanzig Jahre alt, sah jedoch etwas älter aus.
Wolfe nickte ihm zu. »Ich bin ganz Ihrer Meinung, Mr. Safford.« Wolfes Augen streiften über den Halbkreis hin. »Mr. Pohl fordert zuviel für sein Geld. Sie können mich damit beauftragen, einen Fisch zu fangen, meine Damen und Herren, aber Sie können mir nicht vorschreiben, welchen Fisch. Sie können mir angeben, wonach ich jagen soll – nach einem Mörder –, aber Sie können mir nicht soufflieren, wer der Mörder ist, sofern Sie keine Beweise gegen ihn haben. Und warum sollten Sie mir dann etwas bezahlen? – Haben Sie Beweismaterial?«
Keiner gab einen Laut von sich.
»Haben Sie Beweise, Mr. Pohl?«
»Nein.«
»Woher wissen Sie, daß es Mr. Talbott war?«
»Ich weiß es und damit basta. Sie alle wissen es! Selbst Miss Keyes hier weiß es, aber sie ist einfach zu widerspenstig, um es zuzugeben.«
Wolfes Blick glitt wieder über den Halbkreis hin. »Ist es wahr? Sie alle wissen es?«
Keine Antwort. Kein Ja und kein Nein. Kein Nicken und kein

Kopfschütteln.
»Dann bleibt es also mir überlassen die Identität des Fisches zu bestimmen. Ist das klar, Mr. Broadyke?«
»Ja.«
»Mr. Safford?«
»Ja.«
»Miss Rooney?«
»Ja. Nur glaube ich, daß es Vic Talbott war.«
»Daran kann Sie niemand hindern. Miss Keyes?«
»Ja.«
»Mr. Pohl?«
Keine Antwort.
»Ich muß eine Bestätigung darüber haben, Mr. Pohl. Falls es sich herausstellt, daß es Mr. Talbott war, können Sie mir ja eine Extraprämie zahlen. Aber wie dem auch sei, haben Sie mich jetzt beauftragt, Tatsachen zusammenzutragen?«
»Gewiß. Die wahren Tatsachen.«
»Es gibt keine andere Sorte. Ich garantiere Ihnen, keine einzige unwahre Tatsache zu liefern.« Wolfe beugte sich vor, um auf einen Knopf an seinem Schreibtisch zu drücken. »Das ist in der Tat die einzige Garantie, die ich Ihnen geben kann. Ich muß Ihnen eindringlich klarmachen, daß Sie sowohl gemeinschaftlich als auch als Einzelperson für diesen Auftrag verantwortlich sind. Falls jetzt . . .«
Die Tür zum Flur wurde geöffnet; Fritz Brenner trat ein und steuerte auf uns zu.
»Fritz«, erklärte ihm Wolfe, »wir haben fünf Gäste zum Abendessen.«
»Gut, Sir«, erwiderte Fritz, ohne mit der Wimper zu zucken, und wandte sich zum Gehen. Ein deutlicher Beweis, was für eine Perle Fritz ist. Und er gehört nicht zu jenen, die ein paar lumpige Omeletten oder Konservensuppe auf den Tisch stellen. Als er schon an der Tür war, kam ein Protestruf von Frank Broadyke:
»Rechnen Sie besser nur mit vieren. Ich muß bald aufbrechen und habe eine Verabredung zum Dinner.«
»Sagen Sie ab«, fauchte Wolfe.
»Ich fürchte, das geht nicht, wirklich nicht.«
»Dann kann ich diese Arbeit nicht übernehmen.« Wolfe war kurz angebunden. »Was stellen Sie sich denn vor? Die Angelegenheit ist schließlich schon eine Woche alt.« Er warf einen Blick auf die Uhr an der Wand. »Ich benötige Sie hier, Sie alle, sicherlich den

ganzen Abend über und wahrscheinlich auch den größten Teil der Nacht. Ich muß alles erfahren, was Sie über Mr. Keyes und Mr. Talbott wissen. Außerdem, wenn ich Sie von diesem ungerechtfertigten Verdacht in den Augen der Polizei und der Öffentlichkeit reinwaschen soll, muß ich damit beginnen, ihn aus meiner eigenen Vorstellung zu verbannen. Das wird viele Stunden harter Arbeit kosten.«

»Oh«, warf Dorothy Keyes ein, und ihre Brauen wanderten eine Etage höher. »Sie verdächtigen uns also, stimmt's?«

Wolfe ignorierte sie und wandte sich an Broadyke: »Nun, Sir?«

»Ich muß telefonieren«, murmelte dieser.

»Das können Sie«, räumte Wolfe ein, als ob er ihm damit einen Teilsieg zugestand. Seine Augen schweiften von links nach rechts über die Gesichter hin und dann wieder nach links, um auf Audrey Rooney haftenzubleiben, deren Stuhl ein wenig im Hintergrund neben dem von Wayne Safford stand. »Miss Rooney«, feuerte er los, »Sie scheinen ja die größte Achillesferse zu haben, da Sie an Ort und Stelle waren. Wann entließ Mr. Keyes Sie aus seinen Diensten und weshalb?«

Audrey hatte wortlos, in gestraffter Haltung und mit zusammengepreßten Lippen dagesessen. »Nun, er war . . .«, begann sie, hielt jedoch inne, um sich zu räuspern, und konnte nicht fortfahren, da wir unterbrochen wurden.

Die Klingel an der Haustür hatte angeschlagen, und ich hatte Fritz das Öffnen überlassen, wie es der Brauch war, wenn ich mit Wolfe und Besuchern beschäftigt war, es sei denn, daß eine Sonderanweisung vorlag. Jetzt wurde die Tür zum Flur aufgemacht. Fritz kam herein, zog die Tür hinter sich zu und meldete: »Ein Herr möchte Sie sprechen, Sir, Mr. Victor Talbott.«

Der Name plumpste in unsere Mitte wie ein Fallschirmspringer in eine Picknick-Gesellschaft.

»Meine Güte!« rief Wayne Safford.

»Wie zum Teufel . . .«, setzte Frank Broadyke an und unterbrach sich.

»Sie haben es ihm also gesagt!« fauchte Pohl Dorothy Keyes an.

Dorothy hob lediglich ihre Brauen. Ich fing an, dieser Manie überdrüssig zu werden, und wünschte, sie würde etwas anderes ausprobieren.

Audrey Rooney vergaß, den Mund zu schließen.

»Führen Sie ihn herein«, trug Wolfe Fritz auf.

5

Wie Millionen meiner Mitbürger hatte ich mir ein ungefähres Urteil über Victor Talbott nach seinen Fotos in den Zeitungen gebildet, und innerhalb von zehn Sekunden, nachdem er sich zu uns ins Büro gesellt hatte, entschied ich, daß das Etikett, mit dem ich ihn versehen hatte, so bleiben konnte. Er gehörte zu jenen Burschen, die sich bei einer Cocktailparty oder vor dem Abendessen des Tabletts mit den Aperitifs bemächtigen und es herumreichen, indem sie jedem dabei tief in die Augen sehen und vor Geist sprühen.

Mich ausgenommen, war er mit Abstand der bestaussehende Mann im Zimmer.

Als er eintrat, bedachte er Dorothy Keyes mit einem Blick und einem Lächeln, und ohne den anderen die geringste Beachtung zu schenken, machte er vor Wolfes Schreibtisch halt und stellte freundlich fest: »Sie sind natürlich Nero Wolfe. Ich bin Vic Talbott. Ich nehme an, daß Sie mir unter den gegebenen Umständen wohl lieber nicht die Hand geben wollen – das heißt, wenn Sie den Auftrag übernehmen, den Ihnen diese Leute anbieten. Ist es so?«

»Angenehm, Sir«, polterte Wolfe. »Himmlische Güte, ich habe Dutzenden von Mördern die Hand geschüttelt. Wie vielen genau, Archie?«

»Hm – vierzig«, mutmaßte ich.

»Und das ist sehr gering geschätzt. Das ist Mr. Goodwin – Mr. Talbott.«

Offenbar hielt Vic mich ebenfalls für zimperlich, denn er nickte mir zu, ohne mir die Hand zu reichen. Dann drehte er sich zu den Gästen um. »Wie steht's, Leute? Haben Sie den Meisterdetektiv beauftragt?«

»Unsinn«, quiekte Wayne Safford. »Sie wollen wohl hier herumschnüffeln?«

Ferdinand Pohl hatte seinen Stuhl verlassen und rückte gegen den ungebetenen Gast vor. Ich war auf den Beinen, bereit, einzugreifen. Im Zimmer war eine Dynamitladung von Gefühlsregungen aufgehäuft, und ich wollte nicht, daß irgendeiner unserer Klienten zu Schaden käme. Doch alles, was Pohl unternahm, war, Talbott mit seinem dicken Zeigefinger auf die Brust zu tippen und ihn anzuknurren: »Hören Sie, mein Junge, Sie haben hier nichts zu suchen. Sie haben sich bereits einmal zu oft einge-

mischt, wie der Fall steht.« Pohl wirbelte zu Wolfe herum. »Weshalb haben Sie ihn hereingelassen?«
»Erlauben Sie mir die Bemerkung«, warf Broadyke ein, »daß Sie Ihre Gastfreundschaft ein wenig übertrieben haben.«
»Übrigens, Vic« – das war Dorothys sanftes Stimmchen –, »Ferdy meint, ich hätte dir dabei geholfen.«
Die Bemerkungen der anderen hatten keinen sichtbaren Eindruck auf ihn gemacht, aber bei Dorothy war das anders. Er drehte sich zu ihr um, und der Ausdruck seines Gesichts sprach einen ganzen Band seiner Autobiographie. Er gehörte ihr mit Haut und Haaren, es sei denn, ich hatte einen Augenarzt nötig. Sie konnte ihre lieblichen Brauen sicher tausendmal am Tag in die Höhe ziehen, ohne daß er dessen müde wurde. Er sprach zu ihr mit seinen Augen und wirbelte dann herum, um seine Zunge gegen Pohl zu richten. »Wissen Sie, was ich von Ihnen halte, Ferdy?«
»Ich darf doch bitten!« unterbrach Wolfe scharf. »Sie müssen nicht unbedingt mein Büro dazu benützen, um sich gegenseitig die Meinung zu sagen. Das können Sie wer weiß wo tun. Wir haben Arbeit vor uns. – Mr. Talbott, Sie fragten, ob ich einen Auftrag übernommen habe, der mir angeboten worden ist. Das habe ich. Ich habe mich verpflichtet, den Mord an Sigmund Keyes zu untersuchen. Aber ich habe keine vertraulichen Mitteilungen erhalten und kann den Auftrag noch immer ablehnen. Haben Sie ein besseres Angebot? Aus welchem Grund sind Sie hierhergekommen?«
Talbott lächelte ihm zu. »Das ist die richtige Verhandlungstaktik«, bemerkte er bewundernd »Nein, ich habe keinen Auftrag anzubieten, aber ich hatte das Gefühl, daß ich hier auch dabeisein sollte. Ich dachte es mir so: Diese Leute wollen Sie dazu verpflichten, mich mit einer Mordanklage verhaften zu lassen. Deshalb würden Sie gerne einen Blick auf mich werfen und mir einige Fragen stellen wollen. Darum bin ich hier.«
»Und plädieren selbstverständlich für ›unschuldig‹. Archie, einen Stuhl für Mr. Talbott.«
»Selbstverständlich«, stimmte Talbott zu, dankte mir mit einem Lächeln für den Stuhl, den ich ihm brachte, und setzte sich. »Sonst hätten Sie ja keine Arbeit. Schießen Sie also los.« Plötzlich errötete er. »Unter den gegebenen Umständen hätte ich das Wort ›schießen‹ wohl besser nicht gebrauchen sollen.«
»Sie hätten ›los damit!‹ sagen können«, piepste Wayne Safford.
»Seien Sie still, Wayne«, rügte ihn Audrey Rooney.

»Erlauben Sie mir . . .«, setzte Broadyke an, aber Wolfe fiel ihm ins Wort.
»Nein, Mr. Talbott hat jetzt um Fragen gebeten.« Er fixierte den Bittsteller. »Die anderen hier sind der Ansicht, daß die Polizei diesen Fall in einer lächerlichen und erfolglosen Weise behandelt. Stimmen Sie dem zu, Mr. Talbott?«
Vic dachte einen Augenblick nach und nickte dann. »Im großen und ganzen, ja«, pflichtete er bei.
»Warum?«
»Nun, verstehen Sie, die Polizei ist in einer Sackgasse gelandet. Sie ist daran gewöhnt, mit Anhaltspunkten zu arbeiten, und wenn sie auch eine Anzahl Anhaltspunkte fand, die darauf hinweisen, was geschah, zum Beispiel die Spuren auf dem Reitpfad, die zum Dickicht führten, so gibt es keinen Fingerzeig, der ihr helfen kann, den Mörder zu identifizieren. Nicht einen einzigen. Deshalb mußte sie auf das Motiv zurückgreifen, und auf der Stelle stießen sie auf einen Mann mit dem besten Motiv von der Welt.« Talbott tippte sich selbst auf die Brust: »Auf mich. Doch dann stellten sie fest, daß dieser Mann – ich – es wohl kaum getan haben konnte, weil ich mich nämlich woanders befand. Sie stellten fest, daß ich ein Alibi hatte, das . . .«
»Alles Schwindel!« Das war Wayne Safford.
»Prima Maßarbeit«, erscholl es von Broadyke.
»Diese Dummköpfe!« posaunte Pohl. »Hätten sie nur Verstand genug, jene Telefonistin . . .«
»Ich möchte doch sehr bitten«, gebot Wolfe ihnen Schweigen. »Fahren Sie fort, Mr. Talbott. Ihr Alibi – aber erst das Motiv. Was ist das beste Motiv von der Welt?«
Vic war überrascht. »Es ist immer und immer wieder in den Zeitungen gedruckt worden.«
»Ich weiß. Aber ich möchte keine journalistischen Mutmaßungen, wenn ich Sie persönlich vor mir habe. Es sei denn, es berührt Sie zu empfindlich.«
Talbotts Lächeln war nicht ohne Bitterkeit. »Falls es das tat«, erklärte er, »bin ich davon gewiß in der letzten Woche geheilt worden. Ich schätze, zehn Millionen Menschen haben gelesen, daß ich Dorothy Keyes innig liebe oder irgendeine Variation davon. Nun gut, das stimmt! Wollen Sie einen Schnappschuß – oh, Verzeihung – ein Foto von mir, wie ich es sage?« Er wandte sich an seine Verlobte: »Ich liebe dich, Dorothy, mehr als alles auf der Welt, zutiefst, wahnsinnig, von ganzem Herzen.« Er drehte sich

wieder zu Wolfe um. »Da haben Sie ihr Motiv.«
»Vic, Liebling«, sagte Dorothy zu seinem Profil, »du bist ein ausgemachter Narr, und du bist einfach unwiderstehlich. Ich bin wirklich froh, daß du ein gutes Alibi hast.«
»Sie bezeugten also Ihre Liebe«, warf Wolfe trocken ein, »indem Sie den überlegenden Elternteil Ihrer Liebsten töteten, wenn ich Sie richtig verstanden habe?«
»Ja«, versicherte Talbott, »unter gewissen Voraussetzungen. Die Situation war folgende. Sigmund Keyes war der berühmteste und erfolgreichste Industrieplaner Amerikas und . . .«
»Unfug!« explodierte Broadyke, ohne um Sprecherlaubnis ersucht zu haben.
Talbott lächelte. »Manchmal«, sagte er, »ist ein eifersüchtiger Mann schlimmer als eine eifersüchtige Frau. Sie wissen natürlich, daß Mr. Broadyke selber Industrieplaner ist – tatsächlich war er es, der diesen Beruf erfand. Nicht viele Fabrikanten hätten es sich im Traum einfallen lassen, an einem neuen Modell herumzubasteln, sei es Dampfer, Eisenbahn, Flugzeug, Kühlschrank, Staubsauger, Wecker oder was auch immer, ohne Broadyke um Rat zu fragen – bis ich aufkreuzte und die Verkaufsabteilung für Sigmund Keyes übernahm. Deshalb bezweifle ich auch, daß Broadyke Keyes ermordet haben kann. Wäre er so verzweifelt gewesen, hätte er nicht Keyes, sondern mich umgebracht.«
»Sie sprachen«, erinnerte Wolfe ihn, »von Liebe als einem Mordmotiv unter gewissen Voraussetzungen.«
»Ja, und Broadyke lenkte mich vom Thema ab.« Talbott neigte den Kopf zur Seite. »Lassen Sie mich nachdenken – ach ja, ich organisierte den Verkauf für Keyes, und er konnte es nicht ertragen, daß das Gerücht umging, ich sei hauptsächlich für den großen Erfolg, den wir hatten, verantwortlich; aber er hatte Angst, mich einfach abzuschieben. Und ich liebte seine Tochter und wollte sie heiraten und werde sie immer lieben. Aber er hatte großen Einfluß auf sie, was ich nicht verstand und immer noch nicht verstehe – immerhin, hätte sie mich so geliebt wie ich sie, so hätte das natürlich nichts ausgemacht, aber sie . . .«
»Mein Gott, Vic«, protestierte Dorothy, »habe ich nicht ein dutzendmal gesagt, daß ich dich auf der Stelle heiraten würde« – sie schnippte mit den Fingern –, »wenn es nicht um Dad ginge? Wirklich, ich bin ganz närrisch verliebt in dich!«
»Also gut«, wandte sich Talbott an Wolfe, »da haben Sie Ihr Motiv. Es ist gewiß altmodisch, bar jeder modernen Industrieplaner-

mätzchen, aber es ist unbedingt zuverlässig. Natürlich dachte das auch die Polizei, bis sie auf die Tatsache stieß, daß ich nicht an Ort und Stelle war. Das verwirrte und verdroß sie, und sie ist noch nicht wieder zu Verstand gekommen, deshalb nehme ich an, daß meine guten Freunde hier recht haben, wenn sie die Polizei als dämlich und unfähig bezeichnen. Nicht, daß sie mich völlig von der Liste gestrichen hätten. Ich hörte, daß sie eine Schar von Detektiven und Lockvögeln auf die Jagd nach dem von mir gedungenen Mordschützen ausgesandt haben. Sie werden lange suchen können. Sie hörten, wie Miss Keyes mich einen Narren nannte, aber ich bin nicht so irrsinnig, jemanden zu dingen, um für mich einen Mord zu begehen.«

»Das will ich hoffen«, seufzte Wolfe. »Es gibt nichts Besseres als ein gutes Motiv. Und wie steht's mit dem Alibi? Hat die Polizei das gelten lassen?«

»Ja, die verdammten Idioten!« platzte Pohl heraus. »Dieses Telefonmädchen . . .«

»Ich fragte Mr. Talbott«, bellte Wolfe.

»Ich weiß es nicht«, gestand dieser ein, »aber ich nehme an, es blieb ihnen nichts anderes übrig. Ich zittere noch, wenn ich daran denke, was für ein Glückszufall es war, daß ich in jener Montagnacht spät zu Bett ging – ich meine, vor einer Woche, in der Nacht, bevor Keyes ermordet wurde. Wenn ich mit ihm ausgeritten wäre, säße ich jetzt hinter Schloß und Riegel und wäre erledigt. Es ist ausschließlich eine Frage der Zeitverhältnisse.«

Talbott preßte die Lippen zusammen und lockerte sie wieder. »Junge, Junge! Der berittene Polizist sah Keyes in der Nähe der 66. Straße um 7 Uhr 10 in den Park reiten. Keyes wurde nicht weit von der 96. Straße getötet. Selbst wenn er den ganzen Weg im Galopp geritten wäre, konnte er dort in Anbetracht der Windungen des Reitpfades unmöglich vor 7 Uhr 20 angekommen sein. Und das Pferd galoppierte nicht, denn sonst hätte man es dem Pferd ansehen müssen, was nicht der Fall war.« Talbott drehte sich um. »Sie sind Spezialist auf diesem Gebiet, Wayne, Casanova war nicht mit Schweiß bedeckt, stimmt's?«

»Sie sagen es«, war alles, was er von Wayne Safford hörte.

»Es schwitzte nicht«, fuhr Talbott an Wolfe gewandt fort. »Wayne bestätigt das. Keyes konnte also die Stelle, wo er ermordet wurde, nicht vor 7 Uhr 25 erreicht haben. Das ist die Zeit für die Tat: fünfundzwanzig Minuten nach sieben.«

»Und Sie?« fragte Wolfe.

»Ich – ich hatte Glück. Ganz bestimmt. Ich ritt oft mit Keyes zu dieser gottverlassenen Zeit in dem Park – zwei- oder dreimal in der Woche. Er wollte, daß ich ihn jeden Tag begleiten sollte, aber ich entzog mich diesem Vergnügen ungefähr jeden zweiten Tag. Es war weder eine gesellige noch vergnügliche Angelegenheit. Wir pflegten nebeneinander zu reiten und übers Geschäft zu sprechen, außer wenn ihm nach Traben zumute war. Ich wohne im Churchill-Hotel. Montag nacht kam ich spät nach Hause, aber ich hinterließ dennoch den Auftrag, mich um sechs Uhr früh zu wecken, weil ich seit mehreren Tagen nicht mehr mit Keyes ausgeritten war und ihn nicht verärgern wollte. Aber als das Mädchen mich morgens anläutete, war ich einfach zu müde und bat sie, die Reitakademie anzurufen, um mich zu entschuldigen, und mich um halb acht noch einmal zu wecken. Das tat sie, und mir war immer noch nicht nach Aufstehen zumute, aber ich hatte eine Verabredung zum Frühstück mit einem Kunden von auswärts, deshalb trug ich ihr auf, mir einen doppelten Orangensaft heraufzuschicken. Einige Minuten später brachte ihn mir der Kellner. Habe ich nicht Glück gehabt? Keyes war im nördlichen Teil der Stadt frühestens um 7 Uhr 25 getötet worden, wahrscheinlich etwas später. Ich selbst befand mich um halb acht Uhr in meinem Zimmer im Churchill-Hotel, beinahe drei Meilen entfernt. Dreimal können Sie raten, wie froh ich war, daß ich mich um halb acht anrufen ließ!«

Wolfe nickte. »Sie sollten dem auswärtigen Kunden dafür einen Pluspunkt ankreiden. Mit dieser Rüstung versehen, brauchen Sie sich doch nicht die Mühe zu machen, sich unserer Versammlung anzuschließen.«

»Eine Telefonistin und ein Kellner, um Himmels willen!« schnaubte Pohl sakastisch.

»Nette, anständige Leute, Ferdy«, belehrte Talbott ihn, und an Wolfe gewandt erklärte er: »Ich machte mir gar nicht die Mühe.«

»Wie? Sie sind also nicht hier?«

»Sicher bin ich hier, aber nicht, um mich irgendeiner Versammlung anzuschließen. Ich kam, um Miss Keyes zu treffen. Ich betrachte es nicht als eine Mühe, mich Miss Keyes anzuschließen. Was die anderen betrifft, abgesehen vielleicht von Broadyke . . .«

Abermals schellte die Türglocke, und da weitere ungebetene Gäste unsere Eintracht nur noch stören konnten, erhob ich mich flugs, durchquerte das Zimmer, trat in den Flur, fing Fritz gerade noch rechtzeitig ab und ging zur Haustür, um durch den Glas-

spion zu spähen.
Als ich sah, wer draußen auf dem Vorplatz stand, legte ich die Türkette vor, öffnete die Tür nur die wenigen Zentimeter, die die Kette zuließ, und sagte durch den Spalt: »Ich habe keine Lust, mir eine Erkältung zu holen.«
»Ich auch nicht«, herrschte mich eine barsche Stimme an. »Machen Sie die verdammte Kette los.«
»Mr. Wolfe hat zu tun«, sagte ich höflich. »Wäre Ihnen mit mir gedient?«
»Nein! Heute nicht und in alle Ewigkeit nicht.«
»Dann warten Sie einen Augenblick. Ich will sehen, was sich machen läßt.«
Ich schloß die Tür, marschierte ins Büro und meldete Wolfe: »Der Mann, der den Stuhl abholen will.« Das war mein Lieblingspseudonym für Inspektor Cramer von der Mordabteilung.
Wolfe grunzte und schüttelte den Kopf. »Ich bin in den nächsten Stunden beschäftigt und dulde keine Unterbrechung.«
Ich kehrte zur Haustür zurück, öffnete sie nochmals einen Spalt breit und sagte bedauernd: »Tut mir leid, aber er schwitzt über seinen Hausaufgaben.«
»Ha, ha«, erwiderte Cramer sarkastisch, »das tut er bestimmt. Jetzt, wo Talbott auch noch dazugekommen ist, haben Sie ja das Haus voll. Alle sechs. Öffnen Sie!«
»Pah. Auf wen wollen Sie Eindruck machen? Sie lassen sie sicher alle beschatten, und ich hoffe, daß Sie Talbott nicht aufgegeben haben, weil wir ihn mögen. Nebenbei bemerkt, die Telefonistin und der Kellner im Churchill – wie heißen die beiden doch gleich wieder?«
»Ich komme hinein, Goodwin.«
»Nur zu. Diese Kette ist noch nie einer richtigen Belastungsprobe unterzogen worden, und ich habe mich schon oft gefragt, wie sie . . .«
»Im Namen des Gesetzes, öffnen Sie die Tür!«
Ich war so verblüfft, daß ich die Tür beinahe wirklich aufgemacht hätte, um ihn mir ordentlich anzuschauen. Durch den Spalt konnte ich ja nur mit einem Auge schielen. »Nun höre man sich das an«, stammelte ich ungläubig, »mit mir versuchen Sie diesen Trick? Wie Sie wissen, ist es ja gerade das Gesetz, das Sie draußen hält. Wenn Sie soweit sind, daß Sie jemanden verhaften können, sagen Sie mir, wen, und ich werde mich darum kümmern, daß er oder sie nicht durch die Lappen geht. Schließlich haben Sie

ja keine Monopolrechte. Sie hatten die ganze Gesellschaft eine volle Woche lang Tag und Nacht zur Verfügung, und Wolfe ist erst seit ungefähr einer Stunde mit ihr beschäftigt. Aber schon können Sie es vor Sehnsucht nicht mehr aushalten! Übrigens weigert sich die Gesellschaft nicht, Sie zu empfangen; sie weiß nur nichts von Ihrer Anwesenheit, also kreiden Sie das nicht ihrem Schuldkonto an. Mr. Wolfe ist es, der nicht gestört werden darf. Ich kann Ihnen zu Ihrer Befriedigung soviel sagen: Er hat das Rätsel noch nicht gelöst, und es kann noch bis Mitternacht dauern. Es würde viel Zeit sparen, wenn Sie mir die Namen . . .«

»Halten Sie den Mund«, krächzte Cramer. »Ich kam voller freundschaftlicher Gefühle hierher. Es gibt kein Gesetz, das Wolfe verbietet, Leute in seinem Büro zu empfangen. Und es gibt auch kein Gesetz, das mir verbietet, zusammen mit ihnen dort zu sein.«

»Gewiß nicht«, pflichtete ich ihm herzlich bei, »wenn Sie erst einmal drinnen sind, aber wie steht's mit dieser Tür? Hier ist eine solide, gesetzmäßige Tür, davor ein Mann, der sie nicht öffnen kann, dahinter ein Mann, der sie nicht öffnen will, und der Verfassung zufolge . . .«

»Archie!« erscholl es vom Büro her in Wolfes lautestem – selten genug vernehmbaren – Stentorbellen, begleitet von einigen anderen Geräuschen. Es rief noch einmal: »Archie!«

»Entschuldigen Sie mich«, stieß ich hastig hervor, schlug die Haustür zu, stürzte den Flur entlang, klinkte die Bürotür auf und platzte hinein.

Es war nichts eigentlich Besorgniserregendes. Wolfe saß noch in seinem Stuhl hinter dem Schreibtisch. Der Stuhl, auf dem Talbott gesessen hatte, war umgeworfen. Dorothy war auf den Füßen, kehrte Wolfes Schreibtisch den Rücken zu, und ihre Brauen hatten sich zu einer Rekordhöhe emporgeschwungen. Audrey Rooney stand in der Ecke bei dem großen Globus, die geballten Fäuste gegen ihre Wangen gepreßt und machte große Augen. Pohl und Broadyke waren auch von ihren Stühlen hochgesprungen und starrten ebenfalls in die Mitte des Zimmers.

Der versteinerten Haltung der Zuschauer nach hätte man einen wirklich furchterregenden Anblick erwartet, doch handelte es sich nur um zwei Jungen, die sich gegenseitig Püffe austeilten. Als ich eintrat, landete Talbott gerade einen rechten Haken in Saffords Gesicht, und während ich die Tür hinter mir zuzog, konterte Safford mit einer soliden, kräftigen Linken in Talbotts Nierengegend. Das einzige Geräusch im Zimmer, außer dem Lärm der

Fäuste und Füße, war das verbissene Gemurmel von Audrey Rooney in ihrer Ecke: »Gib es ihm, Wayne; gib es ihm, Wayne.«
»Wieviel habe ich verpaßt?« fragte ich.
»Machen Sie Schluß damit!« befahl Wolfe mir.
Talbotts Rechte prallte an Saffords Wange ab, und Safford verpaßte einen weiteren Nierenschlag. Sie lieferten saubere Arbeit nach allen Regeln der Kunst, aber Wolfe war der Chef, und er haßte Tumult im Büro; so trat ich dazwischen, packte Talbotts Jackenkragen und riß ihn so heftig zurück, daß er über einen Stuhl stolperte, und baute mich vor Safford auf, um ihm den Weg abzuschneiden. Eine Sekunde lang dachte ich, daß Safford mir einen Schlag versetzen wollte, den er noch auf Vorrat hatte, doch dann ließ er die Faust sinken.
»Wie konnte das so schnell losbrechen?« wollte ich wissen.
Audrey stand unversehens neben mir, krallte sich an meinem Ärmel fest und protestierte wütend: »Sie hätten ihn nicht aufhalten sollen! Wayne hätte ihn wieder zu Boden geschlagen! Das hat er schon einmal getan!« Es hörte sich so an, als ob sie mehr Durst auf Blut als auf Milch hatte.
»Er ließ eine Bemerkung über Miss Rooney fallen«, erlaubte sich Broadyke einzuwerfen.
»Schaffen Sie ihn hier raus!« schnaubte Wolfe.
»Welchen von beiden?« fragte ich und hielt Safford mit dem einen und Talbott mit dem anderen Auge in Schach.
»Mr. Talbott!«
»Du hast dich wacker geschlagen, Vic«, sagte Dorothy. »Du sahst fabelhaft gut aus mit dem Kampfesblitz in deinem Blick.« Sie preßte ihre Handflächen gegen Talbotts Wangen, zog seinen Kopf zu sich herab und reckte sich, um ihn auf den Mund zu küssen – ein schneller Kuß: »Da!«
»Vic geht jetzt«, erklärte ich ihr. »Kommen Sie, Talbott, ich führe Sie hinaus.«
Ehe er mitkam, nahm er Dorothy in die Arme. Ich warf einen Blick auf Safford, weil ich erwartete, daß er damit kontern würde, Audrey in die Arme zu nehmen; aber er war noch immer in Kampfbereitschaft, die Hände zu Fäusten geballt. Dann scheuchte ich Talbott vor mir her aus dem Zimmer. Im Flur, während er Hut und Mantel nahm, peilte ich durch den Spion, sah, daß die Luft rein war, und öffnete die Tür. Als er ging, sagte ich ihm: »Sie gehen zu sehr mit dem Kopf durch die Wand. Sie werden sich damit eines Tages noch das Genick brechen.«

Im Büro hatte jemand inzwischen den umgeworfenen Stuhl aufgerichtet, und alle hatten ihre Plätze wieder eingenommen. Obgleich man ihren Ritter vor die Tür gesetzt hatte, war Dorothy offenbar gewillt, auszuharren. Als ich durchs Zimmer schlenderte, um meinen Platz hinter meinem Schreibtisch zu erreichen, sagte Wolfe:
»Wir wurden unterbrochen, Miss Rooney. Wie ich bereits feststellte, scheinen Sie die größte Achillesferse zu haben, da Sie an Ort und Stelle waren. Wollen Sie bitte etwas näher rücken, auf diesen Stuhl hier? Archie, Ihren Notizblock.«

6

Um 10 Uhr 55 am nächsten Morgen saß ich im Büro – nicht immer noch, aber schon wieder – und wartete auf Wolfes Rückkehr aus den Treibhäusern auf dem Dach, wo er sich zehntausend Orchideen und ein Sortiment anderer Pflanzenarten hielt. Ich spielte ein Pinocle-Spielchen mit Saul Panzer und Orrie Cather, die telefonisch für einen Sondereinsatz herbeibeordert waren. Saul trug ständig eine alte braune Mütze, von der er sich nie trennte. Er war etwas hausbacken, nur mäßig groß, mit einer ungeheuren Nase versehen und außerdem der beste Privatschnüffler der Welt für alles, was ohne Smoking erledigt werden konnte. Orrie, der in einigen Jahren auch ohne Kamm und Bürste auskommen würde, konnte Saul keineswegs das Wasser reichen, aber er war ein guter Mann für Routinesachen. Um 10 Uhr 55 stand ich mit drei Dollar in der Kreide.
In der Schublade meines Schreibtisches lagen zwei vollgeschriebene Notizblöcke. Wolfe hatte die Klienten nicht die ganze Nacht dabehalten, aber es fehlte nicht viel daran, als er sie gehen ließ. Jetzt wußten wir beträchtlich mehr über jeden von ihnen, als irgendeine Zeitung gedruckt hatte. In mancher Hinsicht ähnelten sie sich sehr, so wie sie es darstellten. Zum Beispiel hatte keiner von ihnen Sigmund Keyes getötet; keinem hatte sein Tod das Herz gebrochen, nicht einmal seiner Tochter; keiner hatte je einen Revolver besessen oder wußte mit einem solchen umzugehen; keiner vermochte irgendwelche Beweise vorzubringen, die dazu dienen konnten, Talbott zu überführen oder ihn zumindest verhaften zu lassen; keiner von ihnen hatte ein hieb- und stichfe-

stes Alibi; und ein jeder hatte sein eigenes kleines Motiv, das vielleicht nicht das beste der Welt war, so wie Talbotts, doch keineswegs so schlecht, um die Nase darüber zu rümpfen.
Das war ihre Geschichte.
Ferdinand Pohl war aufgebracht gewesen. Er sah nicht ein, warum ihretwegen Zeit vergeudet und die ihre verschwendet wurde, während das eigentliche und einzige Ziel darin bestand, Talbotts Alibi zu sprengen und ihn zu schnappen. Aber er rückte schließlich doch mit seinen Tatsachen heraus. Zehn Jahre zuvor hatte er die hunderttausend Dollar gestellt, die nötig gewesen waren, um Sigmund Keyes' Laden zu einem Superunternehmen herauszumausern. In den vergangenen paar Jahren waren Keyes' Einnahmen schließlich ins unermeßliche gestiegen, und Pohl hatte einen gleichen Anteil gefordert und ihn nicht erhalten. Keyes hatte erbärmliche jährliche fünf Prozent auf Pohls Einlage ausgeschüttet, also fünftausend im Jahr, wohingegen der halbe Profitanteil zehnmal soviel ausgemacht hätte. Pohl konnte ihm nicht mit der klassischen Alternative entgegentreten, entweder kaufen Sie meinen Anteil oder verkaufen Sie mir den Ihren, weil Pohl sich auf anderen Gebieten verkalkuliert hatte und bis über beide Ohren in Schulden steckte. Das Gesetz konnte nicht zu Hilfe gerufen werden, da der Partnerschaftsvertrag Pohl nur die fünf Prozent garantiert hatte und Keyes den Reingewinn hinter einem Deckmäntelchen versteckte. Er schöpfte nämlich den Rahm davon in Gestalt seines Gehaltes ab, mit der Behauptung, daß ja seine Planerfähigkeiten das Geld einbrächten. Es war, Pohls Darstellung nach, der typische Fall einer Fehleinschätzung des menschlichen Charakters. Jetzt, nach Keyes' Tod, lag das Ganze natürlich anders. Jetzt lagen bindende Verträge vor und Dividenden, die für die Dauer von bis zu zwanzig Jahren hereinflossen. Falls Pohl und Dorothy, die Erbin, nicht zu einem Vergleich kommen konnten, würde es einem Richter überlassen bleiben müssen, die Güterteilung durchzuführen, und Pohl nahm an, daß er zumindest zweihunderttausend, oder mehr, erhalten würde. Er bestritt, daß das ein gutes Mordmotiv sei – nicht für ihn; und immerhin wäre es albern, darüber zu streiten, da er an jenem Dienstagmorgen um 7 Uhr 28 den Zug nach Larchmont genommen hatte, um dort in sein Segelboot umzusteigen. War er im Grand-Central-Bahnhof oder im Bahnhof der 125. Straße in den Zug gestiegen? Grand Central; sagte er. Sei er allein gewesen? Ja. Er habe seine Wohnung in der 84. Straße um 7 Uhr verlassen und die Untergrund-

bahn genommen. Fuhr er öfter mit der U-Bahn? Ja, ziemlich häufig, wenn es nicht gerade die Hauptverkehrszeit war. Und so weiter, und so fort, über 14 Seiten eines Notizblocks lang. Ich erteilte ihm die Zensur ungenügend, selbst wenn ich einräumte, daß er beweisen konnte, mit diesem Zug in Larchmont angekommen zu sein; denn um 7 Uhr 38 mußte dieser Zug im Bahnhof der 125. Straße gehalten haben, zehn Minuten nach seiner Abfahrt vom Grand-Central-Bahnhof.

Bei Dorothy Keyes ging es um die entscheidende Frage, wieviel ihr von dem Reingewinn des väterlichen Unternehmens zugeflossen war. Einesteils behauptete sie, daß ihr Vater recht großzügig mit den Dukaten gewesen sei, andernteils entfuhr ihr hin und wieder eine Bemerkung, die andeutete, daß er sich fest an ihr Geld gekrallt hatte, wie ein Baby an das Spielzeug eines anderen Babys. Es war verwirrend, weil sie keinen Sinn für Zahlen hatte. Ich gelangte zu der Schlußfolgerung, daß ihre Einnahmen irgendwo zwischen fünfhundert und zwanzigtausend Dollar pro Jahr gelegen haben mußten. Der springende Punkt aber war: Fuhr sie besser, wenn ihr Vater am Leben war, der viel Geld verdiente und es austeilte, oder wenn er unter der Erde war und ihr alles gehörte, nachdem Pohl abgespeist worden war? Sie verstand, was für ein kritischer Punkt das war, und ich muß sagen, daß er sie nicht sehr zu erschüttern schien, weil sie sich nicht mal die Mühe machte, ihre Brauen hochzuziehen. Falls das nur Theater war, Hut ab vor ihrer Schauspielkunst. Anstatt auf dem bequem moralischen Prinzip, daß Töchter ihre Väter nicht zu töten pflegen, herumzureiten, stellte sie sich auf den nicht anfechtbaren Standpunkt, daß sie zu der kritischen Zeit – halb acht Uhr morgens – nicht einmal eine Fliege getötet haben konnte, geschweige denn ihren Vater. Sie war nie vor elf Uhr aus den Federn, außer in dringenden Fällen, wie zum Beispiel an dem zur Debatte stehenden Dienstagmorgen, als sie ungefähr zwischen neun und zehn Uhr die Nachricht vom Tode ihres Vaters erhielt. Das hatte sie hochgerissen. Sie bewohnte mit ihrem Vater eine Wohnung in Central-Park-Süd. Hauspersonal? Zwei Dienstmädchen. Wolfe fragte sie ohne viel Umschweife: Wäre es ihr möglich gewesen, vor sieben Uhr morgens die Wohnung und das Gebäude zu verlassen und später wieder hineinzuschlüpfen, ohne gesehen zu werden? Nein, behauptete sie, es sei denn, jemand hätte einen Gartenschlauch auf sie gerichtet, um sie aufzuwecken. Wenn das geschehen wäre, hätte sie sich vielleicht zu so einer Energieleistung

aufraffen können, aber das sei alles nur hypothetisch, denn, wie gesagt, sie lag in den Federn.
Ich bedachte sie mit keiner Zensur, denn inzwischen war ich voreingenommen und hatte kein Vertrauen mehr zu meiner Urteilsfähigkeit.
Frank Broadyke war ein schlagender Erfolg. Er hatte mit Begeisterung Talbotts Anregung übernommen, daß er höchstens Talbott erschossen haben würde, aber niemals Keyes, denn er habe schon immer gewußt, daß Keyes seinen Aufstieg Talbotts Verkaufsgenie und nicht seinem eigenen Talent als Industrieplaner verdankte. Broadyke hatte diese Theorie sehr ins Herz geschlossen, kam immer wieder darauf zurück und bläute sie uns ein. Er gab zu, daß das Schrumpfen seines eigenen Geschäftsumfangs zufällig mit dem Aufstieg von Keyes' Unternehmen zusammenfiel, und er räumte weiterhin ein, als das Thema von Dorothy angeschnitten wurde, daß Keyes noch drei Tage vor seinem Tod ihn auf hunderttausend Dollar Schadenersatz verklagt hatte, mit der Begründung, daß Broadyke aus Keyes' Büro Entwürfe gestohlen habe, die Broadyke dann Festaufträge für einen Zementmischer und eine elektrische Waschmaschine einbrachten. Aber trotzdem beharrte er stur darauf, daß er sich nur an Vic Talbott vergriffen hätte, der mit seinen dynamischen Verkaufsmethoden und seiner Persönlichkeit den Markt in Bewegung setzte. Fragen Sie irgendeinen angesehenen Industrieplaner, fragen Sie alle! Keyes war ein mittelmäßiger Zubehörteil-Entwerfer gewesen, ohne wirkliches Verständnis für die verwickelten und engen Beziehungen zwischen Funktion und Form. Ich ersehe aus meinem Notizblock, daß er sich erlaubte, dieses Sprüchlein viermal zu wiederholen.
Er habe sein Bestes getan, verlorenen Boden zurückzugewinnen. Er habe etwas, so führte er aus, von der Natur der Lerche an sich; der Sonnenaufgang wühle ihn auf und feuere ihn an. Sonnenaufgang war seine Lieblingstageszeit. Seine glänzendsten Erfolge waren in ihm gereift, ehe noch der Tau an schattigen Stellen getrocknet war. Nachmittags und abends fiel ihm nichts ein. Und mit der Zeit war er faul und nachlässig geworden, er ging spät zu Bett und stand spät auf, und damit begann sich sein Stern zu trüben. Kürzlich hatte er sich dazu entschlossen, die Flamme wieder anzufachen, und gerade erst vor einem Monat hatte er angefangen, vor sieben Uhr ins Büro zu gehen, drei Stunden, ehe die Belegschaft fällig war. Zu seiner Zufriedenheit und Freude begann es sich bereits auszuwirken. Die Geistesblitze der Eingebung kehr-

ten zurück. Gerade an jenem Dienstagmorgen, als Keyes getötet wurde, hatte er sein Personal mit einem revolutionären und unwiderstehlichen Entwurf für einen elektrischen Schaumschläger begrüßt.
Hatte ihm irgend jemand an jenem Morgen in seinem Büro bei dieser schöpferischen Geburt Gesellschaft geleistet? Zwischen halb sieben und acht Uhr vielleicht? wollte Wolfe wissen. Nein, niemand. – Von den drei Alibis, die man uns serviert hatte, war das zweifellos das kümmerlichste.
Da ich mich mit Audrey Rooney verbrüdert hatte und sie auf der Stelle geehelicht haben würde, wäre da nicht meine Abneigung, eine öffentliche Figur zur Frau zu haben – denn schließlich schmückte ihr Bild den Kalender an der Wand von Sams Imbißstube –, war ich ziemlich ernüchtert, als ich erfuhr, daß ihre Eltern in Vermont sie in Wirklichkeit Annie getauft hatten und sie selbst ihren Namen geändert hatte. Okay, wenn ihr Annie nicht paßte, aber, guter Gott, weshalb Audrey? Audrey, das bewies absolute Phantasielosigkeit.
Natürlich stempelte sie das nicht gleich zur Mörderin, aber ihre Erzählung machte das wieder wett. Sie hatte in Keyes' Büro als Victor Talbotts Sekretärin gearbeitet, und vor einem Monat hatte Keyes sie vor die Tür gesetzt, da er sie verdächtigte, Entwürfe zu unterschlagen und sie an Broadyke zu verkaufen. Als sie Beweise verlangte, und Keyes nicht in der Lage gewesen war, diesen Wunsch zu erfüllen, hatte sie als nächstes ein Heidentheater vollführt, was ich mir gut vorstellen konnte. Sie hatte sich so oft Zutritt zu seinem Privatbüro erzwungen, daß er einen Wachhund engagieren mußte, um sie draußen zu halten. Sie hatte versucht, die restliche Belegschaft – vierzig Leute – dazu zu bewegen, ihn im Stich zu lassen, bis ihr Gerechtigkeit widerfahren sei, und hatte es beinahe erreicht. Sie hatte sich bemüht, ihn in seiner Privatwohnung zu stellen, aber das schlug fehl. Acht Tage vor seinem Tod, an einem Montagmorgen, hatte sie ihm vor der Stillwell-Reitakademie aufgelauert, als er kam, um seinen Vierbeiner abzuholen. Mit Hilfe des Stallknechts, Wayne Safford, war es ihm gelungen, aufzusitzen und sich in den Park zu flüchten.
Aber am nächsten Morgen wartete Annie Audrey wieder dort und auch am darauffolgenden. Was sie am meisten erboste, wie sie Wolfe gleich anfangs erklärte, war Keyes' Weigerung, sie anzuhören – er hatte nie ihre Darstellung erfahren und war so gemein und dickköpfig, sie einfach abzulehnen. Sie fand, daß es sei-

ne Pflicht gewesen wäre, sie anzuhören. Sie deutete mit keiner Silbe an, daß ihr ständiges Aufkreuzen bei der Reitakademie noch den Nebenzweck erfüllte, dem Stallknecht Gefälligkeiten zu erweisen; aber das ließ sich erraten. Am vierten Morgen, also am Donnerstag, war Vic Talbott auch erschienen, um Keyes auf seinem Ritt zu begleiten. Keyes, von Audrey ständig belästigt, hatte ihr mit seiner Reitgerte einen Stoß in die Magengegend versetzt; Wayne Safford hatte Keyes so hart angerempelt, daß dieser stolperte und hinfiel. Talbott hatte sich eingemischt und war auf Wayne losgegangen, und Wayne hatte Talbott zusammengeschlagen und ihn in eine ungereinigte Stallecke geschleudert.

Offenbar hielt sich Wayne mehr im Zaum, wenn er sich in einem fein eingerichteten Büro auf einer Kirmanbrücke prügelte, überlegte ich und wunderte mich, daß Keyes nicht versucht hatte, ein elektrisches Pferd für seinen persönlichen Gebrauch zu entwerfen. – Doch am nächsten Morgen tauchte er wieder auf und heimste weitere Litaneien von Audrey ein, aber dabei blieb es; und drei Tage später, am Montag, war es das gleiche. Talbott war an keinem der beiden Tage erschienen.

Am Dienstagmorgen kreuzte Audrey bereits um Viertel vor sechs auf; der Vorteil ihrer zeitigen Ankunft bestand darin, daß sie den Kaffee zubereiten durfte, während Wayne die Pferde striegelte. Es gab Zimtbrötchen zum Kaffee. Wolfe runzelte dabei die Stirn, denn er haßt Zimtbrötchen. Kurz nach sechs kam ein Telefonanruf vom Churchill-Hotel mit dem Auftrag, Talbotts Pferd nicht zu satteln, und Keyes auszurichten, daß er nicht kommen würde. Um halb sieben traf Keyes ein, pünktlich auf die Sekunde, reagierte auf Audreys Sticheleien nur mit grimmig zusammengepreßten Lippen und ritt davon. Audrey blieb während der folgenden Stunde ununterbrochen in der Akademie und war fünfundzwanzig Minuten vor acht immer noch dort, als Keyes' Pferd mit leerem Sattel anspaziert kam.

War Wayne Safford auch ununterbrochen dort gewesen? Ja, sie waren die ganze Zeit zusammen.

So waren Audrey und Wayne also reizend untergebracht. Als die Reihe an Wayne kam, widersprach er in keinem einzigen Punkt, ein recht zivilisiertes Benehmen für einen Stallknecht. Er machte zwar auch den Schnitzer, die Zimtbrötchen zu erwähnen, doch im großen und ganzen erzielte er eine gute Note. Als die Gesellschaft um zwei Uhr morgens gegangen war, stand ich auf, reckte mich, gähnte ausgiebig und erklärte Wolfe: »Fünf mächtig feine

Klienten, hm?«
Er grunzte angewidert und stemmte die Hände gegen die Schreibtischkante, um seinen Sessel zurückzuschieben.
»Mein Schlaf wäre schöpferischer, wenn Sie Noten austeilen würden«, schlug er vor. »Nicht für Talbott, das ist nicht nötig. Ich kann verliebte Blicke besser beurteilen als Sie und sah, wie er Dorothy anstarrte. Es hat ihn erwischt. Aber die anderen Klienten? Pohl?«
»Er braucht Geld, vielleicht verzweifelt nötig, und jetzt wird er es erhalten.«
»Broadyke?«
»Seine Eitelkeit wurde tödlich verletzt, sein Geschäft ging bergab, und man hatte ihn auf eine große Summe verklagt.«
»Dorothy?«
»Die Tochter. Eine Frau. Es konnte eine Begebenheit aus ihrer Kindheit gewesen sein, oder ein Schmuckstück, das man ihr verweigert hat.«
»Safford?«
»Ein primitiver Romantiker. Drei Tage, nachdem er das Mädchen kennengelernt hatte, aß der Narr mit ihr um sechs Uhr früh Zimtbrötchen! Wie ist's mit seinen verliebten Blicken?«
Ich nickte. »Schwindelerregend.«
»Und er sah, wie Mr. Keyes das Mädchen mit der Reitgerte schlug.«
»Nicht schlug, stieß.«
»Noch schlimmer, weil in noch verächtlicher Weise. Darüber hinaus hatte ihm das Mädchen eingeredet, daß Mr. Keyes sie ungerecht behandelt habe, aber sie nicht dafür entschädigen wolle.«
»Okay, das genügt. Wie steht's mit ihr?«
»Eine Frau, der man entweder Unrecht getan oder die man auf einer Untat ertappt hat. In beiden Fällen aus der Fassung gebracht.«
»Nicht zu vergessen, daß er sie mit der Gerte stieß.«
»Nein«, widersprach Wolfe. »Außer in sofortigem impulsivem Wiedervergeltungsdrang antwortet keine einzige Frau auf die körperliche Gewalttat eines Mannes in gleicher Weise. Das wäre nicht weiblich. Sie tüftelt Feinheiten aus.« Er erhob sich. »Ich bin müde.« Er watschelte zur Tür.
Ich folgte ihm und belehrte seinen Rücken: »Ich weiß, was ich von jedem dieser Herrschaften im voraus einkassieren würde. – Ich kann mir nicht vorstellen, warum Cramer sie noch einmal sehen wollte, nachdem er eine volle Woche mit ihnen zugebracht

hatte. Warum gibt er nicht auf und zieht fünf neue Karten? Er ist eingeschnappt wie ein junger Hund. Sollen wir ihn anrufen?«
»Nein.« Wir waren im Flur. Wolfe, der dem Fahrstuhl zustrebte, um zu seinem Zimmer im zweiten Stock hinaufzufahren, drehte sich um. »Was wollte er?«
»Das sagte er nicht; aber ich kann es erraten. Er befindet sich auf einem toten Punkt in totaler Finsternis mitten auf einer Sechs-Straßen-Sternkreuzung und wollte bei uns eine Straßenkarte einsehen.«
Ich steuerte auf die Treppe zu, da der Fahrstuhl winzig ist und mit Wolfes Fleischmassen bereits total überfüllt war.

7

»Vierzig sticht«, sagte Orrie Cather um 10 Uhr 55 am Mittwochmorgen.
Ich hatte sie darüber aufgeklärt, daß der Fall Keyes an unsere Tür geklopft hatte, wir fünf Verdachtspersonen zu Klienten hatten, und das war alles. Wolfe hatte sich noch nicht dazu herabgelassen, mich einzuweihen, worin ihre Aufträge bestehen würden, so unterhielt ich sie mit Kartenspielen, anstatt ihnen einen Überblick über den Inhalt der Notizblöcke zu geben. Um Punkt elf beendeten wir das Spiel, und Orrie und ich zahlten an Saul, wie gewöhnlich. Einige Minuten später wurde die Tür zum Flur geöffnet, und Wolfe stolzierte herein. Er begrüßte die beiden gedungenen Hilfskräfte, ließ sich hinter seinem Schreibtisch nieder, klingelte nach Bier und fragte mich: »Sie haben Saul und Orrie natürlich einige Hinweise gegeben?«
»Natürlich nicht. Soviel ich weiß, ist alles eingeteilt.«
Er grunzte und trug mir auf, Inspektor Cramer anzurufen. Ich wählte die Nummer und hatte mehr Mühe als sonst, durchzukommen. Endlich hatte ich ihn an der Strippe, machte Wolfe ein Zeichen, und da ich keine Weisung erhielt, den Hörer abzugeben, blieb ich am Apparat. Es war keine lange Unterhaltung.
»Mr. Cramer? Hier Nero Wolfe.«
»Ja. Was wollen Sie?«
»Tut mir leid, daß ich gestern abend so beschäftigt war. Es bereitet mir immer ein Vergnügen, Sie empfangen zu können. Ich habe mich jetzt auch mit dem Todesfall von Mr. Keyes zu befassen,

und es liegt in unserem beiderseitigen Interesse, wenn Sie mir einige allgemeine Informationen geben würden.«
»Was zum Beispiel?«
»Als erstes den Namen und die Nummer des berittenen Polizisten, der Mr. Keyes zehn Minuten nach sieben an jenem Morgen im Park sah. Ich möchte Archie hinschicken . . .«
»Zum Teufel mit Ihnen!« Die Verbindung war abgerissen.
Wolfe legte auf, griff nach dem Tablett mit dem Bier, das Fritz gebracht hatte, und befahl mir: »Rufen Sie Mr. Skinner von der Staatsanwaltschaft an.«
Ich tat, wie mir geheißen, und Wolfe nahm einen neuen Anlauf. Vor Jahren hatte Skinner ziemlich viel Ärger mit Wolfe gehabt, aber wenigstens war ihm nicht am vorhergegangenen Abend die Tür vor der Nase zugeschlagen worden, und deshalb war er nicht allzu grob. Als er erfuhr, daß Wolfe den Fall Keyes bearbeitete, wollte er eine Menge wissen, doch Wolfe hielt ihn sich vom Leib, ohne unhöflich zu sein, und bekam bald, was er wollte. Auf Wolfes Versicherung hin, Skinner über die Entwicklung auf dem laufenden zu halten, was – wie sie beide wußten – eine glatte Lüge war, ließ sich Mr. Skinner sogar herbei, das Präsidium zu bitten, für mich ein Treffen mit dem Polizisten zu arrangieren. Und das tat er. Kaum zehn Minuten, nachdem Wolfe aufgelegt hatte, kam ein Anruf für mich von Center Street mit der Nachricht, daß Officer Hefferan mich um 11 Uhr 45 an der Ecke der 66. Straße und Central-Park-West erwarten würde.
Während dieser zehn Minuten hatte Wolfe sein Bier getrunken, sich nach Sauls Familie erkundigt und mir vorgebetet, wonach ich den Polizisten ausfragen sollte. Das verbitterte mich. Wenn wir einen Fall bearbeiten, geschieht es manchmal, daß Wolfe die Idee hegt, ich wäre an irgendeiner Stelle auf irgendein Mitglied des Ensembles fixiert, und es sei deshalb erforderlich, mich vorübergehend auf ein Nebengleis abzuschieben. Ich hatte es aufgegeben, mich darüber zu grämen und dabei meine Nervenkraft zu verschwenden. Aber worum ging es diesmal? Ich war vollkommen unvoreingenommen und nicht verliebt. Warum also wollte er mich ausschicken, um mit einem Polizisten ein Schwätzchen zu halten, während er Saul und Orrie für wichtigere Aufgaben einsetzte? Das ging über mein Fassungsvermögen, und ich stierte ihn an und stand im Begriff zu meutern, als das Telefon erneut klingelte.
Ich wollte mich heraushalten, da die Hauptattacke anderen anver-

traut werden sollte, aber Wolfe winkte mir zu, am Apparat mitzuhören.

»Ich bin in Keyes' Büro«, sagte Pohl, »Ecke 47. Straße und Madison Avenue. Können Sie sofort hierherkommen?«

»Auf keinen Fall«, entgegnete Wolfe in gekränktem Ton. Es brachte ihn immer auf, wenn irgend jemand auf der Welt nicht wußte, daß er sein Haus niemals geschäftlich und nur selten aus anderen Gründen verließ. »Ich arbeite nur zu Hause. Was ist los?«

»Ich möchte, daß Sie hier mit jemandem sprechen. Zwei Mitglieder des Personals. Mit ihrer Aussage kann ich beweisen, daß Talbott jene Entwürfe stahl und sie an Broadyke verkaufte. Das gibt den Ausschlag, daß Talbott der Mörder war. Von uns fünf konnten möglicherweise nur Miss Rooney und jener Stallknecht mit ihrem gegenseitigen Alibi verdächtigt werden, und das hier entlastet sie – und natürlich auch ihn.«

»Unsinn. Nichts davon. Es beweist lediglich, daß man Miss Rooney ungerechterweise des Diebstahls beschuldigte, und eine ungerechte Anschuldigung wurmt mehr als eine gerechtfertigte. Jetzt können Sie wenigstens Mr. Talbott wegen Diebstahls festnehmen lassen. Ich bin äußerst beschäftigt. Vielen Dank für Ihren Anruf. Ich brauche die Mitarbeit eines jeden von Ihnen.«

Pohl wollte weiterreden, aber Wolfe schüttelte ihn ab, trank einen Schluck Bier und wandte sich an mich: »Sie werden in zwanzig Minuten dort erwartet, Archie; und in Anbetracht Ihrer Schwäche, sich wegen Geschwindigkeitsübertretungen festnehmen zu lassen . . .«

Ich hatte in acht Jahren ein einziges Strafmandat wegen Geschwindigkeitsübertretung bekommen. Ich ging zur Tür, drehte mich jedoch noch einmal um und bemerkte säuerlich: »Wenn Sie glauben, mich noch einmal mit so kindischen Aufgaben betrauen zu können, meutere ich. Wer hat Keyes als letzter lebend gesehen? Der Polizist. Er war es. Und wem werde ich ihn abliefern? Ihnen? Nein, Inspektor Cramer!«

8

Es war ein sonniger, warmer Oktobertag, und die Fahrt stadtauswärts wäre angenehm gewesen, hätte mir das Gefühl, daß man mich an der Nase herumführte, nicht die Laune verdorben. Nachdem ich den Wagen auf der 65. Straße geparkt hatte, marschierte ich um die Ecke und einen Häuserblock weiter und überquerte dann Central-Park-West, um auf einen Mann in Uniform zuzusteuern, der mit dem Zügel seines Pferdes seine Possen trieb. Ich habe auf meinen Streifzügen schon oft die Bekanntschaft von Friedenswächtern gemacht, aber dieses durchfurchte männliche Antlitz mit der eingedrückten Nase und den großen hellen Augen war mir noch neu. Ich stellte mich vor, wies mich aus und sagte, es sei sehr freundlich von ihm, mir seine Zeit zu widmen, obgleich er einen so anstrengenden Dienst habe. Natürlich schoß ich damit einen Bock, doch zugestandenermaßen war ich schlechter Laune.

»Oh«, höhnte er, »einer unserer prominenten Spaßvögel, he?«

Ich ging in Deckung. »Ungefähr so prominent«, beschwichtigte ich ihn, »wie ein Heringsrogen in einer Schüssel Kaviar.«

»Ach, Sie essen Kaviar!«

»Verflixt noch mal«, murrte ich, »lassen Sie uns von vorn anfangen.« Ich machte vier Schritte in Richtung eines Laternenpfahls, dann eine Kehrtwendung und kam zu ihm zurück, um zu verkünden: »Mein Name ist Goodwin und ich arbeite für Nero Wolfe. Das Präsidium erlaubte mir, ein paar Fragen an Sie zu stellen, und mir läge sehr viel daran.«

»Hm, hm. Einer meiner Freunde im 13. Polizeirevier hat mir von Ihnen erzählt. Sie hätten es beinahe geschafft, daß er in die Wüste geschickt wurde.«

»Dann sind Sie also voreingenommen. Ich ebenfalls, aber nicht gegen Sie. Nicht einmal gegen Ihr Pferd. Übrigens, apropos Pferde, an jenem Morgen, als Sie Keyes vorbeireiten sahen, kurz ehe er ermordet wurde: Wie spät war es da?«

»Zehn Minuten nach sieben.«

»Eine Minute mehr oder weniger?«

»Nichts davon. Zehn Minuten nach sieben. Ich hatte Frühdienst und sollte um acht Uhr abgelöst werden. Wie Sie sagten, bin ich derartig beschäftigt, daß ich keine Zeit habe; deshalb lungerte ich herum und wartete darauf, daß Keyes zur üblichen Zeit vorbeiritt. Es machte mir Spaß, sein Pferd zu beobachten – ein heller Brau-

ner mit einer prächtigen Sprungkraft.«
»Wie sah das Pferd an jenem Morgen aus – genau wie immer? Fröhlich und gesund?« Als ich den Ausdruck seines Gesichts sah, fügte ich hastig hinzu: »Ich habe der Spaßmacherei bis morgen abgeschworen. – Was ich wirklich wissen möchte: War es sein Pferd?«
»Gewiß war es das! Vielleicht kennen Sie sich nicht mit Pferden aus. Aber ich.«
»Okay, ich ebenfalls, früher als kleiner Junge auf einer Farm in Ohio, doch haben wir in letzter Zeit nicht mehr in Briefwechsel gestanden. – Wie sah Keyes an jenem Morgen aus: krank oder gesund, verrückt, fröhlich oder was?«
»Er sah aus wie immer, nicht anders.«
»Sprachen Sie miteinander?«
»Nein.«
»Hatte er sich an jenem Morgen rasiert?«
»Sicher.« Officer Hefferan hielt sich mühsam im Zaum. »Er hatte zwei Rasierapparate benutzt, einen für die rechte und einen anderen für die linke Seite, und er wollte wissen, welcher besser rasiert, deshalb bat er mich, über seine Wangen zu streichen und ihm meine Meinung zu sagen.«
»Sie sagten, Sie hätten sich nicht unterhalten.«
»Quatsch!«
»Ganz Ihrer Meinung. Bleiben wir also bei der offenen Feindseligkeit. Ich hätte die Frage der Rasur lassen und gleich mit dem, was ich wissen wollte, herausrücken sollen: Wie weit waren Sie von ihm entfernt?«
»Zweiundachtzig Meter.«
»Oh, Sie haben es abgemessen?«
»Ich habe es abgeschritten. Die Frage wurde angeschnitten.«
»Macht es Ihnen etwas aus, mir die Stelle zu zeigen? Wo er war, und wo Sie waren?«
»Ja, es macht mir was aus, aber ich habe meine Befehle.«
Die Höflichkeit hätte ihm geboten, sein Pferd zu führen und neben mir herzugehen, deshalb tat er das nicht, sondern bestieg seinen mächtigen Fuchs und ritt in den Park, während ich hinter ihm dreinzottelte. Und nicht nur das, er mußte ihm auch ein Geheimzeichen gegeben haben, sich zu beeilen. Nie habe ich ein Pferd so schnell im Schritt gehen sehen. Er hätte mich für sein Leben gern abgehängt und mir die Schuld daran gegeben, aber ich nahm meine Beine in die Hand und gab ihnen den besten Auslauf, den sie

seit Jahren erhalten hatten, winkelte die Ellbogen an und pumpte die Lungen voll Luft. Ich war nicht mehr als vierzig Schritte im Hintertreffen, als er endlich auf der Kuppe eines kleinen Hügels anhielt. Zur Rechten standen am Abhang eine Reihe kleiner und großer Bäume, und zur Linken zog sich eine Buschgruppe hin, doch in der Mitte hatte man einen guten Ausblick auf eine gute Strecke des Reitpfades. Er befand sich im rechten Winkel zu unserer Blickrichtung, und ich schätzte, daß die kürzeste Entfernung zu ihm hundert Meter betrug.

Er stieg nicht vom Pferd. Es gibt kein einfacheres Mittel in der Welt, sich einem Mann überlegen zu fühlen, als mit ihm vom Rücken eines Pferdes aus zu sprechen.

Ich bemühte mich, nicht nach Atem zu ringen, als ich feststellte: »Sie standen also hier?«

»Genau hier.«

»Und er ritt nach Norden?«

»Ja.« Er wies mit der Hand. »In dieser Richtung.«

»Sie sahen ihn. Bemerkte er Sie?«

»Ja. Er hob seine Reitgerte und winkte mir zu. Wir tauschten oft Grüße aus.«

»Aber er hielt nicht oder schaute direkt zu Ihnen herüber?«

»Er sah weder direkt noch indirekt zu mir hin. Er war auf einem Spazierritt. – Hören Sie zu, Bruder«, der Ton des Reiters deutete darauf hin, daß er beschlossen hatte, mir meinen Willen zu lassen und es hinter sich zu bringen, »ich habe das Ganze bereits mit den Jungen von der Mordabteilung durchgekaut. Wollen Sie wissen, ob es Keyes war – er war es. Es war sein Pferd. Es war seine hellgelbe Reithose, die einzige von dieser Farbe weit und breit, es war seine blaue Jacke und sein schwarzer Derbyhut. Es war seine Art, im Sattel zu sitzen mit seinen gekrümmten Schultern und seinen zu langen Steigbügeln. Es war Keyes.«

»Gut. Darf ich Ihr Pferd tätscheln?«

»Nein.«

»Dann lasse ich es. Ich würde es begrüßen, wenn sich eines Tages die Gelegenheit ergäbe, Sie zu tätscheln. Heute abend beim Dinner mit dem Inspektor werde ich ein Wort für Sie einlegen; raten Sie mal, was für eines.«

Ich trottete zu Fuß aus dem Park und die 66. Straße entlang bis zum Broadway, fand einen Drugstore und eine Telefonzelle, hievte mich auf einen Hocker und wählte meine Lieblingsnummer. Orrie Cathers Stimme antwortete. So, stellte ich bei mir selbst fest, ist er also noch dort, wahrscheinlich hinter meinem Schreibtisch; Wolfes Anweisungen für ihn mußten furchtbar kompliziert sein. Ich fragte nach Wolfe, und wurde mit ihm verbunden.

»Ja, Archie?«

»Ich rufe laut Weisung an. Officer Hefferan gehört zur Liga der Goodwin-Gegner, aber ich schluckte meinen Stolz hinunter. Er kann im Zeugenstand vorwärts und rückwärts beschwören, daß er Keyes an der angegebenen Stelle zu der angegebenen Zeit gesehen hat, und ich vermute, das stimmt auch, doch ein guter Rechtsanwalt kann eine Menge ›wenn‹ und ›aber‹ einflechten.«

»Warum? Ist Mr. Hefferan ein hilfloses Fähnlein im Wind?«

»Keineswegs. Er weiß alles. Aber es war keine Nahaufnahme.«

»Sie berichten es mir besser wörtlich.«

Das tat ich. Durch Jahre der Praxis hatte ich den Punkt erreicht, wo ich eine Zweistunden-Unterhaltung ohne jegliche Notizen praktisch Wort für Wort wiedergeben konnte, und die kurze Sitzung, von der ich gerade kam, machte mir nicht die geringste Mühe. Als ich geendet hatte, kommentierte Wolfe: »In der Tat.«

»Wie bitte?«

Schweigen.

Ich wartete volle zwei Minuten und sagte dann höflich: »Bitte bestellen Sie Orrie, er soll nicht seine Füße auf meinen Schreibtisch legen.«

Nach einer weiteren Minute ertönte Wolfes Stimme: »Mr. Pohl hat zweimal aus Keyes' Büro zurückgerufen. Er ist ein kompletter Dummkopf. Gehen Sie hin und sprechen Sie mit ihm. Die Adresse . . .«

»Ich kenne die Adresse. Worüber soll ich mit ihm sprechen?«

»Sagen Sie ihm, er soll aufhören, mich anzurufen. Ich will, daß er damit aufhört.«

»In Ordnung. Ich werde die Drähte durchschneiden. Was tue ich dann?«

»Rufen Sie wieder an, und wir sehen weiter.«

Es klickte in der Leitung. Ich schlängelte mich vom Hocker und aus der Zelle, blieb stehen, murmelte vor mich hin, bis ich bemerkte, daß eine Reihe Mädchen an der Soda-Bar mich unverschämt anstarrte, besonders eine von ihnen mit blauen Augen und Grübchen. Ich erklärte ihr vernehmlich: »Kommen Sie um zwei Uhr zu Tiffanys Trauringabteilung«, und zog davon.

9

Ein flüchtiger Blick auf Keyes' Büroeinrichtung genügte, um zu erkennen, wo ein guter Anteil der Nettoeinkünfte verblieb – falls es nicht gerade Pohls hunderttausend Dollar waren, die darin steckten. Die Wände und Decken waren in vier verschiedenen hellen Holztönen getäfelt, und das Mobiliar war dem angepaßt. Die Sitze der Stühle für die wartende Kundschaft waren mit schwarzer grober Leinwand bezogen, und bei den Brücken mußte man höllisch achtgeben, daß man sich nicht den Knöchel verrenkte. Überall an den Wänden, auf Postamenten, auf Sockeln und Tischen standen Modelle von jedem erdenklichen Gegenstand: vom Füllhalter bis zum Flugzeug.
Als eine Dame mit rosa Ohrringen hörte, daß ich nach Mr. Pohl Ausschau hielt, maß sie mich mit einem bedachtsamen und vorwurfsvollen Blick, setzte sich jedoch in Bewegung. Nach einigen Minuten wurde ich durch eine Tür geschleust und befand mich am Ende eines langen Korridors. Niemand war in Sicht, und man hatte mir keine Richtungshinweise gegeben, es war also eine Art Versteckspiel. Die beste Eröffnungsparade schien mir, den Korridor entlangzustapfen und im Vorbeigehen durch die geöffneten Türen die Zimmer zu beiden Seiten kurz in Augenschein zu nehmen. Das gleiche innenarchitektonische Schema herrschte offenbar überall vor, mit beträchtlichen Abweichungen in der Farbe. Durch die vierte Tür rechts erspähte ich Mr. Pohl, und im gleichen Augenblick rief er mir zu:
»Kommen Sie rein, Goodwin!«
Ich folgte seiner Aufforderung und befand mich in einem großen Raum mit drei breiten Fenstern, die sich vorzüglich in die Wände fügten. Die Teppiche waren weiß, die Wände schwarz und der gewaltige Schreibtisch der fast die Hälfte des Zimmers einnahm, war entweder aus Ebenholz, oder man rufe mir einen Experten. Der Stuhl hinter dem Schreibtisch, auf dem Pohl saß, war aus dem gleichen Material.
»Wo ist Wolfe?« fragte Pohl.
»Wo er immer ist«, erwiderte ich und tastete mich auf den Teppichen vor. »Zu Hause im Sessel.«
Er blickte mich finster an. »Ich dachte, er würde Sie begleiten. Als ich ihn vor einigen Minuten anrief, gab er mir zu verstehen, daß er auch käme. Er kommt also nicht?«
»Nein. Nie. Ich bin froh, daß Sie ihn noch einmal anriefen, da er,

wie er Ihnen heute morgen in meiner Gegenwart sagte, auf Mithilfe angewiesen ist.«
»Mit meiner kann er rechnen«, knurrte Pohl grimmig. »Da er sich nicht persönlich bemühen will, sollte ich Ihnen wohl das hier übergeben.« Er zog ein Bündel aus seiner Brusttasche, blätterte es durch, wählte ein Blatt aus und reichte es mir. Ich trat an den Schreibtisch, um es in Empfang zu nehmen. Es war ein einfacher Bogen, auf dem »Memorandum von Sigmund Keyes« in Luxusdruck geprägt stand und der eine mit Tinte gekritzelte Städteliste enthielt:
Dayton, Ohio, 11. u. 12. Aug.
Boston, 21. Aug.
Los Angeles, 27. Aug. bis 5. Sept.
Meadville, Pennsylvania, 15. Sept.
Pittsburgh, 16. u. 17. Sept.
Chicago, 24. bis 26. Sept.
Philadelphia, 1. Okt.
»Sehr verbunden«, dankte ich ihm und verstaute es in meiner Tasche. »Ganz hübsche Reiseroute.«
Pohl nickte. »Talbott kommt viel herum und ist ein tüchtiger Reisender, das gebe ich zu. Sagen Sie Wolfe, ich hätte genau nach seinen Anweisungen gehandelt und diesen Bogen einem Ordner entnommen, der sich in Keyes' Schreibtisch befand. Niemand weiß also davon. Es ist eine Aufstellung aller Überlandfahrten, die Talbott seit dem 1. August unternommen hat. Ich habe keine Ahnung, wofür Wolfe das braucht, aber es zeigt wenigstens, daß er bei der Sache ist. Ich schere mich einen Teufel darum, wie geheimnisvoll er tut, solange ich ihm dabei behilflich sein kann, Talbott zu schnappen.«
Ich bedachte ihn mit einem schiefen Blick und versuchte mir darüber klarzuwerden, ob er wirklich so naiv war, wie er tat. Jetzt konnte ich Wolfe eins auswischen, denn ich wußte, daß er Pohl mit diesem Auftrag nur vom Telefon fernhalten wollte; und tatsächlich hatte Pohl alles im Handumdrehen ausgeführt und war zu weiteren Taten bereit.
Aber anstatt sich deswegen an Wolfe zu wenden, zielte er auf meine Person.
»Gehen Sie und holen Sie mir ein paar Sandwiches und Kaffee. Auf der 46. Straße ist ein Laden, ›Perrines Delikatessen‹ heißt er.«
Ich setzte mich. »Komisch, aber ich stand im Begriff, an Sie die gleiche Bitte zu richten. Ich bin müde und hungrig. Lassen Sie

uns zusammen gehen.«
»Warum, zum Teufel, sollte ich?« fragte er.
»Warum nicht?«
»Weil ich möglicherweise nicht wieder hier hereinkomme. Das ist Keyes' Büro, doch Keyes ist tot. Ich besitze einen Teil dieses Geschäftes und habe ein Recht, hier zu sein! Dorothy hat versucht, mich zu vertreiben – verwünscht soll sie sein! Sie, die als kleines Mädchen auf meinem Schoß zu sitzen pflegte! Sie hat dem Personal befohlen, mir gewisse Informationen, die ich brauche, zu verweigern. Sie drohte, mich mit Hilfe der Polizei vor die Tür zu setzen, aber das wird sie nun doch nicht tun. Sie hatte genug von der Polizei in der vergangenen Woche.« Pohl schielte mürrisch zu mir herüber. »Ich hätte gern Corned beef und den Kaffee schwarz, ohne Zucker.«
Ich begegnete seiner finster gerunzelten Stirn mit einem Grinsen. »Sie haben sich also hier eingenistet? Wo ist Dorothy?«
»Am anderen Ende des Korridors, in Talbotts Büro.«
»Ist Talbott auch da?«
»Nein, er ist heute nicht im Hause.«
Ich warf einen Blick auf meine Armbanduhr. Ein Uhr zwanzig. Ich stand auf. »Schwarzbrot mit Senf?«
»Nein. Weißbrot ohne Aufstrich – keine Butter.«
»Okay, unter einer Bedingung: Versprechen Sie mir, Mr. Wolfe nicht anzurufen. Falls Sie anrufen, verraten Sie ihm nur, daß Sie das, was er suchte, gefunden haben, und ich will ihn damit überraschen.«
Er versprach es mir, bat um zwei Sandwiches und reichlich Kaffee, und ich zog davon. Zwei Männer und eine Frau, die im Korridor herumstanden und sich unterhielten, musterten mich von Kopf bis Fuß, als ich vorbeiging, unternahmen jedoch keinen Versuch, mir ein Bein zu stellen. Ich setzte meinen Weg bis zu den Fahrstühlen fort, fuhr abwärts und steuerte auf eine Telefonzelle in der Empfangshalle zu.
Orrie Cather meldete sich wieder, und ich begann zu argwöhnen, daß er und Saul das Pinocle-Spiel mit Wolfe fortsetzten.
»Ich bin auf dem Weg«, verkündete ich Wolfe, als er am Apparat war, »für Pohl und mich Corned-beef-Sandwiches zu besorgen, aber ich habe einen Plan. Er versprach mir, Sie während meiner Abwesenheit nicht anzurufen, und falls ich nicht zurückkomme, sitzt er in der Klemme. Er hat sich in Keyes' Büro, das Sie sehen sollten, trotz Dorothys Protest festgesetzt und beabsichtigt, da zu

bleiben. Hat sich den ganzen Tag nicht weggerührt. Was soll ich tun, heimkehren oder ins Kino gehen?«
»Hat Mr. Pohl seinen Lunch gehabt?«
»Natürlich nicht. Dazu sollten die Sandwiches dienen.«
»Dann müssen Sie sie ihm bringen.«
Ich blieb ruhig, da ich wußte, daß dieser Befehl ihm von Herzen kam. Er konnte den Gedanken nicht ertragen, daß selbst sein erbitterster Feind eine Mahlzeit entbehren sollte.
»In Ordnung«, räumte ich ein, »vielleicht erhalte ich ein Trinkgeld. Übrigens, Ihr angewandter Trick funktionierte nicht. Er fand auf der Stelle eine Aufstellung von Talbotts Reisen in Keyes' Memorandumblock. Ich habe ihn in der Tasche.«
»Lesen Sie ihn mir vor.«
»Aha, Sie können's nicht abwarten.« Ich holte das Papier hervor und las ihm die Liste der Städte und Daten vor. Zweimal beschwerte er sich, daß ich zu schnell lesen würde, er schrieb also offensichtlich mit. Als diese Komödie vorbei war, fragte ich: »Wenn ich ihn abgefüttert habe, was dann?«
»Rufen Sie zurück, wenn Sie mit Ihrem Lunch fertig sind.«
Ich knallte das Ding auf die Gabel.

10

Die Sandwiches waren erstklassig. Das Fleisch war zart und saftig mit gerade der richtigen Menge Fett, und das Brot war ein besonderer Genuß. Die Milch für mich war etwas knapp, da ich nur einen halben Liter bekommen hatte, aber ich teilte sie mir ein. Zwischen den Bissen machten wir Konversation, und ich beging einen Fehler. Natürlich hätte ich Pohl nicht das geringste erzählen dürfen, besonders da er mir immer unsympathischer wurde, je länger ich ihn kannte, aber die Sandwiches waren so gut, daß ich unvorsichtig wurde und es mir entschlüpfen ließ, daß die Telefonistin und der Kellner des Churchill-Hotels noch nicht aufs Korn genommen worden waren. Pohl war fest entschlossen, Wolfe sofort anzurufen, um ein Wehgeheul anzustimmen, und um ihn davon abzuhalten, mußte ich gestehen, daß Wolfe weitere Mitarbeiter eingesetzt hatte, von denen ich nicht wußte, wen oder was sie bearbeiteten.
Ich stand im Begriff, selbst zu telefonieren, als die Tür aufflog

und Dorothy Keyes und Victor Talbott hereinspazierten.
Ich stand auf. Pohl blieb sitzen.
»Hallo, hallo!« grüßte ich fröhlich. »Nette Zimmerchen haben Sie hier.«
Keiner von beiden nickte mir auch nur zu. Dorothy ließ sich auf einen Stuhl an der Wand sinken, schlug die Beine übereinander und fixierte Pohl mit hochgerecktem Kinn.
Talbott nahm Kurs auf den Ebenholzschreibtisch und blieb neben meinem Stuhl stehen, um Pohl anzukeifen: »Sie wissen verdammt gut, daß Sie kein Recht dazu haben, hier Papiere durchzustöbern und das Personal herumzukommandieren. Nicht das geringste Recht. Ich gebe Ihnen eine Minute, um sich davonzumachen.«
»Sie geben mir was?« Pohls Stimme war gehässig, von seinem Blick ganz zu schweigen. »Sie sind hier bezahlter Angestellter, und das auch nicht mehr lange, und sie wollen *mir*, als Teilhaber, etwas sagen? Das Personal versuche ich herumzukommandieren? Ich gebe dem Personal nur eine Chance, die Wahrheit zu sagen, und die Leute packen die Gelegenheit beim Schopf. Zwei von ihnen haben eine Stunde in einem Rechtsanwaltsbüro zugebracht, damit die Wahrheit zu Protokoll genommen werden konnte. Eine Klage wegen Hehlerei ist gegen Broadyke bereits eingereicht worden, und inzwischen wird man ihn wohl verhaftet haben.«
»Raus hier«, wiederholte Talbott, ohne die Stimme zu heben.
Ohne sich zu rühren, fuhr Pohl fort: »Ich sollte ebenfalls erwähnen, daß man Sie des Diebstahls angeklagt hat. Es handelt sich um die Entwürfe, die Sie an Broadyke verkauften. Wollen Sie sich auch dafür ein Alibi zusammenbasteln?«
Talbotts Kinnladen arbeiteten einige Sekunden lang, ehe sie seinen Lippen erlaubten, sich zu einer Entgegnung zu öffnen. »Sie können jetzt gehen«, stieß er zwischen zusammengebissenen Zähnen hervor.
»Oder ich kann bleiben. Ich bleibe.« Pohl lachte höhnisch auf, und dabei vertiefte sich das Netz der Gesichtsfalten. »Sie mögen bemerkt haben, daß ich nicht allein bin.«
Das gefiel mir nicht. »Einen Augenblick«, warf ich ein. »Ich halte Ihnen die Mäntel, und das ist alles. Rechnen Sie nicht mit mir, Mr. Pohl. Ich bin hier nur Zuschauer, möchte aber daran erinnern, daß Sie mir noch nicht den Kaffee bezahlt haben. Fünfundneunzig Cents, ehe Sie gehen, falls Sie gehen.«
»Ich denke nicht daran. Die Situation ist nicht so günstig, wie an

jenem Morgen im Park, Vic. Hier gibt es einen Zeugen.«
Talbott stürzte vor, stieß mit dem Fuß den großen Ebenholzstuhl vom Schreibtisch fort, wollte Pohl mit behendem Griff an die Kehle, bekam seine Krawatte zu fassen und zerrte ihn mit einem Ruck auf die Füße. Pohl zappelte, aber Talbott ließ nicht locker und schleifte ihn um die Ecke des Schreibtischs herum.
Ich war aufgestanden und zur Seite gewichen, um nicht im Weg zu sein.
Plötzlich ging Talbott langausgestreckt zu Boden, und seine hochgeschleuderte Hand hielt einen Fetzen der Krawatte umklammert. Pohl war nicht sehr elastisch für sein Alter, aber er tat sein Bestes. Er raffte sich auf und hob aus voller Kraft an zu schreien: »Zu Hilfe! Polizei! Zu Hilfe!« Er bemächtigte sich des Stuhles, auf dem ich gesessen hatte, und schwang ihn hoch. Er beabsichtigte, ihn auf den am Boden hingestreckten Feind niedersausen zu lassen, und meine Beinmuskeln strafften sich für ein schnelles Eingreifen, aber Talbott sprang hoch und riß ihm den Stuhl aus der Hand. Pohl wandte sich zur Flucht. Er stob um den Schreibtisch herum, und Talbott nahm die Verfolgung auf. Pohl schrie erneut um Hilfe, glitt um das andere Ende, galoppierte quer durch den Raum zu einem Tisch, auf dem eine Sammlung verschiedener Muster ausgebreitet war, ergriff ein Bügeleisen und schleuderte es durch die Gegend. Es verfehlte Talbott, der mit einem Seitensprung auswich, krachte auf den Ebenholzschreibtisch und stieß das Telefon auf den Boden. Offenbar erzürnte es Talbott, daß man mit einem Bügeleisen nach ihm warf, denn als er Pohl erreichte, machte er keinen Versuch mehr, sich der Krawatte zu bemächtigen, sondern holte aus und zielte auf Pohls Kiefer, trotz der Warnung, die ich ihm tags zuvor gegeben hatte.
Ich schielte nach rechts und stellte zweierlei fest: Erstens saß Dorothy noch immer mit übereinandergeschlagenen Beinen auf ihrem Stuhl, und zweitens war das Gesetz nicht in Gestalt eines uniformierten Polizeibeamten eingetreten, sondern in Gestalt eines Detektivs vom Morddezernat, den ich kannte. Anscheinend hatte er irgendwo im Gebäude gesteckt, doch bemerkte ich ihn jetzt zum erstenmal.
Er rückte gegen die Gladiatoren vor. »Das schickt sich aber gar nicht«, rügte er.
Dorothy glitt an seine Seite. »Dieser Mann« – sie deutete auf Pohl –, »ist mit Gewalt hier eingedrungen und hat der Aufforderung, den Raum zu verlassen, nicht Folge geleistet. Ich verlange,

daß man ihn wegen unbefugten Eindringens oder Hausfriedensbruch oder was immer es ist, verhaftet. Er versuchte, Mr. Talbott zuerst mit einem Stuhl und dann mit einem Bügeleisen, das er nach ihm schleuderte, zu erschlagen.«
Ich war, nachdem ich das Telefon zurück auf den Schreibtisch gestellt hatte, näher getreten, und das Auge des Gesetzes maß mich mit einem Blick.
»Womit waren Sie beschäftigt, Goodwin? Manikürten Sie Ihre Nägel?«
»Nein, Sir«, entgegnete ich respektvoll, »ich wollte nur nicht über den Haufen gerannt werden.«
Talbott und Pohl sprachen gleichzeitig.
»Ich weiß, ich weiß«, stöhnte der Polizist gequält. »Gewöhnlich halte ich es mit Leuten wie Ihnen für das beste, in Ruhe darüber zu sprechen, aber nach der Geschichte, die Keyes passiert ist, liegen die Dinge anders.« Er flehte Dorothy um Beistand an: »Sie sagten, daß Sie Klage erheben wollen, Miss Keyes?«
»Das tue ich.«
»Ich ebenfalls«, erklärte Talbott.
»Das wäre damit erledigt. Kommen Sie mit mir, Mr. Pohl.«
»Ich bleibe hier.« Pohl keuchte immer noch. »Ich habe ein Anrecht darauf, hier zu sein, und ich bleibe hier.«
»Nein, das werden Sie nicht. Sie hörten, was die Dame sagte.«
»Ja, aber Sie hörten nicht, was ich zu sagen habe. Ich wurde angegriffen. Sie erhebt Klage. Ich ebenfalls. Ich saß seelenruhig auf dem Stuhl, rührte mich nicht von der Stelle, und Talbott wollte mich erdrosseln und schlug mich nieder. Sahen Sie nicht, wie er mich niederschlug?«
»Es war Notwehr«, warf Dorothy ein. »Sie warfen ein Bügeleisen . . .«
»Um mein Leben zu retten! Er griff mich an . . .«
»Ich habe nur . . .«
»Einen Augenblick«, unterbrach der Gesetzeshüter barsch, »unter diesen Umständen hat es keinen Zweck, mir was vorzumachen. Ihr Burschen kommt mit, alle beide. Wo sind eure Mäntel und Hüte?« – Sie zogen ab.
Zuvor verschwendeten sie noch viel Atem und Gesten, aber sie gingen. Pohl als erster, mit nur einer Krawattenhälfte, dann Talbott, das Gesetzesauge als Nachhut.
Ich konnte ebensogut ein wenig Ordnung schaffen, richtete den Stuhl auf, den Pohl als Waffe erproben wollte, stellte das Bügelei-

sen an seinen Platz auf den Tisch zurück und untersuchte dann die schöne Schreibtischplatte, um festzustellen, wieviel Schaden angerichtet worden war.
»Ich nehme an, Sie sind ein Feigling«, verhörte mich Dorothy. Sie hatte sich wieder auf denselben Stuhl gesetzt und die Beine übereinandergeschlagen. Sie waren beachtlich, und ich bereute nicht, hergekommen zu sein.
»Es hängt ganz davon ab«, erzählte ich ihr. »Bei einem unbewaffneten Liliputaner bin ich mutig wie ein Löwe. Oder bei einem weiblichen Wesen. Versuchen Sie nur, mich zu zupfen. Aber bei . . .« Ein Summen ertönte.
»Das Telefon«, sagte Dorothy.
Ich zog es zu mir heran und hob den Hörer ans Ohr.
»Ist Miss Keyes dort?«
»Ja«, antwortete ich, »sie ist mit Dasitzen beschäftigt. Kann ich etwas ausrichten?«
»Sagen Sie ihr, Mr. Donaldson möchte sie sprechen.«
Ich bestellte es und sah zum erstenmal einen ausgesprochen menschlichen Ausdruck auf Dorothys Gesicht. Bei der Erwähnung des Namens Donaldson war jede Spur des Brauenhebens wie fortgewischt. Sämtliche Muskeln spannten sich, und die Farbe wich. Ich wußte nicht, ob sie das war, womit sie mich gerade apostrophiert hatte oder nicht, da ich Donaldson weder gesehen noch je von ihm gehört hatte, aber auf jeden Fall war sie zu Tode erschrocken.
Ich wurde des Wartens überdrüssig und wiederholte: »Mr. Donaldson möchte Sie sprechen.«
»Ich . . .« Sie feuchtete ihre Lippen an. Nach einem Augenblick schluckte sie. Im nächsten stand sie auf, ordnete mit einer gar nicht mehr so sanften Stimme an: »Sagen Sie dem Mädchen vom Empfang, sie soll ihn in Talbotts Büro schicken«, und ging.
Ich leitete, wie befohlen, den Auftrag weiter, bat um eine Verbindung außer Haus, und wählte die Nummer, als ich das Amtszeichen hörte. Meine Armbanduhr zeigte fünf Minuten nach drei, und es verschlug mir eine Sekunde lang den Atem, als ich wiederum Orries Stimme vernahm.
»Archie«, sagte ich knapp, »geben Sie mir Saul.«
»Saul? Er ist nicht hier; ist seit Stunden unterwegs.«
»Oh, ich dachte, ihr feiert eine Party. Dann also Wolfe.«
Wolfe meldete sich: »Ja, Archie?«
»Ich sitze in Keyes' Büro an seinem Schreibtisch. Ich bin allein.

Ich brachte Pohls Lunch, und er schuldet mir fünfundneunzig Cents. Mir fiel gerade ein, daß ich Sie Himmel und Hölle in Bewegung setzen sah, um Ihre Klienten vor einer Verhaftung zu bewahren. Erinnern Sie sich, als Sie Clara Fox in einer Kiste mit Komposterde für Ihre Orchideen versteckten und dann den Gartenschlauch auf sie richteten? Oder damals, als ...«

»Was hat das damit zu tun?«

»Man pfercht alle unsere Klienten ein, mehr nicht. Broadyke wurde wegen Hehlerei gestohlener Ware – die Entwürfe, die er Talbott abkaufte – beim Kragen gefaßt. Pohl ist wegen Hausfriedensbruch einkassiert worden und Talbott wegen tätlicher Beleidigung und Schlägerei. Ohne zu erwähnen, daß Miss Keyes in Todesängsten schwebt.«

»Wovon sprechen Sie? Was ist geschehen?«

Ich klärte ihn auf, und da er nichts weiter zu tun hatte, als dazusitzen, ersparte ich ihm keine Einzelheit.

Als ich fertig war, fragte ich ihn, ob ich herausfinden solle, was es mit Donaldson auf sich hatte, daß der Klang seines Namens junge Frauen erzittern und erbleichen ließ.

»Nein, ich bin nicht dafür«, widersprach Wolfe, »es sei denn, er wäre Schneider. Erkundigen Sie sich lediglich, ob er Schneider ist, aber ganz diskret. Keine Enthüllungen. Falls ja, beschaffen Sie sich seine Adresse. Dann suchen Sie Miss Rooney – warten Sie, ich gebe Ihnen ihre ...«

»Ich kenne ihre Anschrift.«

»Suchen Sie sie auf. Erschmeicheln Sie ihr Vertrauen, richten Sie es ein, mit ihr allein zu sein. Lockern Sie ihre Zunge.«

»Was soll ich ... nein, ich weiß, was ich suche. Aber was suchen Sie?«

»Keine Ahnung. Alles, was Sie herausfinden können. Verflixt noch mal. Sie wissen doch, worauf es bei einem Fall wie diesem hinausläuft, es gibt nur eines: die Probe aufs Exempel machen ...«

Eine Bewegung drüben an der Tür hatte meinen Blick abgelenkt, und ich sah scharf hin. Jemand war eingetreten und näherte sich mir.

»Okay«, bestätigte ich Wolfe, »ich habe nicht die leiseste Ahnung, wo sie ist, aber ich werde sie finden, und wenn ich Tag und Nacht nach ihr suchen müßte.« Ich legte auf, grinste dem Neuankömmling entgegen und begrüßte ihn.

»Hallo, Miss Rooney, suchen Sie mich?«

11

Annie Audrey hatte sich mit einem adretten braunen Wollkleid herausgeputzt, aber sie schien mit sich und der Welt unzufrieden. Es war unvorstellbar, daß ein so rosiges Gesicht so säuerlich aussehen konnte. Ohne Gruß, nicht einmal mit einem Kopfnicken, trat sie näher und wollte wissen: »Wie erreicht man es, einen Mann zu sprechen, der verhaftet worden ist?«

»Das kommt darauf an«, dozierte ich. »Schimpfen Sie nicht mit mir. Ich habe ihn nicht verhaftet. Wen wollen Sie sprechen, Broadyke?«

»Nein.« Sie ließ sich auf einen Stuhl fallen, so als ob sie einer Stütze bedurfte. »Wayne Safford.«

»In Haft, weswegen?«

»Ich weiß nicht. Ich sah ihn heute morgen bei den Ställen, und ich ging dann in die Stadt, um mich nach einer Stellung umzusehen. Vor kurzem telefonierte ich mit Lucy, meiner besten Freundin, und sie erzählte mir, daß das Gerücht umginge, Vic Talbott habe die Entwürfe, die ich gestohlen haben soll, an Broadyke verkauft. Ich kam, um zu erfahren, was los ist, und als ich hörte, daß Talbott und Pohl verhaftet worden waren, rief ich Wayne an, um es ihm zu sagen, und ein Mann dort teilte mir mit, daß Wayne von einem Polizisten weggeführt worden sei.«

»Aus welchem Grund?«

»Der Mann wußte es nicht. Wie kann ich ihn sprechen?«

»Wahrscheinlich können Sie das nicht.«

»Aber ich muß es!«

Ich schüttelte den Kopf. »Sie glauben, es zu müssen, und ich glaube es auch, aber nicht die Polizei. Es hängt davon ab, was auf seiner Einladung stand. Falls sie ihn nur als Experten für Pferdeschinderei zu Rate ziehen wollten, kann er in einer Stunde wieder zu Hause sein. Falls sie ihn aber an der Angel haben oder es annehmen, dann weiß es nur der Himmel, wann er wieder zu sprechen sein wird. Sie sind weder sein Rechtsanwalt noch eine Verwandte.«

Sie starrte mich an, säuerlicher denn je. Nach einer Minute meinte sie bitter: »Sie sagten gestern, daß ich nett sein könnte.«

»Wollen Sie damit andeuten, ich sollte Ihretwegen eine Schuttramme beseitigen und Himmel und Erde in Bewegung setzen?«

Ich schüttelte abermals den Kopf. »Selbst wenn Sie so reizend wären, daß mir die Sinne vergingen, könnte ich in diesem Augen-

blick bestenfalls Ihre Hand halten, und Ihrer Miene nach zu urteilen, haben Sie nicht gerade das im Sinn. Macht es Ihnen etwas aus, mir zu erzählen, was Sie außer Neugierde im Sinn haben?«
Sie erhob sich, umkreiste den Schreibtisch, angelte nach dem Telefon, preßte den Hörer ans Ohr und erklärte im nächsten Augenblick der Telefonistin: »Hier spricht Audrey, Helen. Können Sie mich mit ... nein ... Schwamm drüber.«
Sie legte auf, hockte sich auf die Schreibtischkante und begann erneut, mir eiskalte Blicke zuzuwerfen, dieses Mal von oben herunter, statt von unten herauf.
»Ich bin schuld«, stellte sie fest.
»Woran?«
»An diesem Ärger. Wo immer ich bin, gibt es Ärger.«
»Ja, die Welt ist voll davon. Wo immer ein Mensch ist, gibt es Ärger. Sie bekommen wirre Einfälle. Gestern zitterten Sie vor Angst, weil Sie dachten, man wollte Ihnen einen Mord anhängen, und kein einziger machte auch nur eine solche Andeutung. Vielleicht irren Sie sich wieder.«
»Nein, diesmal nicht«, widersprach sie grimmig. »Man hatte mich beschuldigt, diese Entwürfe gestohlen zu haben. Sie mußten ja nicht gerade mich dazu auserwählen, doch, wie Sie feststellten, war es so. Jetzt hat sich alles ganz plötzlich aufgeklärt, ich bin reingewaschen, und was geschieht? Wayne wird wegen Mordverdachts verhaftet. Als nächstes ...«
»Ich dachte, Sie wüßten nicht, weshalb man ihn mitnahm.«
»Das stimmt. Aber Sie werden sehen. Er war mit mir zusammen, nicht wahr?« Sie glitt vom Schreibtisch und richtete sich auf. »Ich glaube ... ich bin ziemlich sicher ... ich werde mit Dorothy Keyes sprechen.«
»Sie ist mit einem Besucher beschäftigt.«
»Ich weiß, aber vielleicht ist er bereits fort.«
»Ein Mann namens Donaldson, und ich zerbreche mir den Kopf über ihn. Mir schwant, Miss Keyes will eine kleine Untersuchung auf eigene Faust inszenieren. Wissen Sie zufällig, ob dieser Donaldson ein Detektiv ist?«
»Keinesfalls, das weiß ich. Er ist Rechtsanwalt und ein alter Freund von Mr. Keyes. Ich habe ihn hier mehrmals gesehen. Wollen Sie ...«
Sie wurde unterbrochen, da ein Mann zur Tür hereinkam und auf uns zuspazierte, ein Mann, den ich seit Jahren kannte.
»Wir haben zu tun«, wehrte ich ihn brüsk ab, »kommen Sie mor-

gen wieder.«
Ich hätte genug Verstand haben sollen, um zu wissen, daß solche Mätzchen bei Sergeant Purley Stebbins vom Morddezernat wirkungslos verpufften. Wenn er wütend wurde, was häufig geschah, war er es nicht wegen meiner Possen, sondern wegen meiner unbefugten Einmischung in seine Angelegenheiten, wie er es nannte.
»Sie sind also hier«, stellte er fest.
»Ja. Miss Rooney, dies ist Sergeant . . .«
»Oh, ich habe schon seine Bekanntschaft gemacht.« Sie sah ihn genauso griesgrämig an wie mich.
»Ja, wir sind uns schon begegnet«, stimmte Purley zu. Seine ehrlichen braunen Augen ruhten auf ihr. »Ich habe Sie gesucht, Miss Rooney.«
»O mein Gott, noch mehr Fragen?«
»Die gleichen. Nur zur Überprüfung. Sie erinnern sich noch an die Erklärung, die Sie unterschrieben haben? Sie sagten aus, daß Sie am Dienstagmorgen von Viertel vor sechs bis nach halb sieben mit Safford in der Reitakademie die Zeit verbracht haben. Sie erinnern sich daran?«
»Gewiß.«
»Wollen Sie das jetzt ändern?«
Audrey runzelte die Stirn. »Was ändern?«
»Ihre Erklärung.«
»Natürlich nicht. Warum sollte ich?«
»Wie erklären Sie sich dann die Tatsache, daß man Sie während dieser Zeit im Park reiten sah, begleitet von Safford auf einem anderen Pferd, und er es zugegeben hat?«
»Zählen Sie bis zehn«, fuhr ich sie an, »ehe Sie antworten.«
»Halten Sie den Mund«, knurrte Purley. »Wie wollen Sie das erklären, Miss Rooney? Sie müssen mit dieser Frage gerechnet und etwas dafür vorbereitet haben. Wie lautet die Antwort?«
Audrey hatte ihren hohen Sitz auf dem Schreibtisch verlassen, um sich vor ihrem Verfolger aufzubauen. »Vielleicht«, schlug sie vor, »konnte jemand nicht geradeaus sehen. Wer will uns beobachtet haben?«
»Okay.« Purley zauberte ein Papier aus der Tasche und entfaltete es. Er fixierte mich. »Wir sind vorsichtig mit diesen Einzelheiten, wenn Ihr fetter Chef seine Nase in eine unserer Angelegenheiten gesteckt hat.« Er hielt das Papier so, daß Audrey es lesen konnte. »Dieses ist ein Haftbefehl für Ihre Festnahme als Hauptzeugin.

Ihr Freund Safford wollte den seinen in Ruhe durchlesen. Und Sie?«
Sie ignorierte sein großzügiges Angebot. »Was bedeutet das?« wollte sie wissen.
»Es bedeutet, daß Sie mich in die Stadt begleiten werden.«
»Es bedeutet gleichfalls . . .«, setzte ich an.
»Mund halten.« Purley trat einen Schritt vor. Er wollte ihren Ellenbogen packen, verfehlte ihn aber, da sie zurückwich, sich umdrehte und dann willig auf den Weg machte. Er folgte und war ihr auf den Fersen, als sie durch die Tür schritt. Offensichtlich glaubte sie einen Weg gefunden zu haben, ihren Wayne zu Gesicht zu bekommen.
Ich verharrte eine Zeitlang mit verzogenen Lippen und stierte den Aschenbecher auf dem Schreibtisch an, schüttelte den Kopf ohne besonderen Grund, griff nach dem Telefon und wählte, nachdem ich einen Anschluß außer Haus erhalten hatte, noch einmal. Wolfes Stimme antwortete.
»Wo ist Orrie?« fragte ich. »Hält er ein Mittagsschläfchen in meinem Bett?«
»Wo sind Sie?« erkundigte sich Wolfe gelassen.
»Immer noch in Keyes' Büro. Fortsetzung folgt. Zwei weitere eingezogen.«
»Zwei weitere was? Wohin?«
»Klienten. Hinter schwedische Gardinen. Wir verlieren immer mehr . . .«
»Wer und weshalb?«
»Wayne Safford und Audrey Rooney.« Ich erstattete ihm Bericht, ohne mir die Mühe zu machen, hinzuzufügen, daß Audrey eingetreten war, noch ehe unsere vorherige Unterhaltung geendet hatte. Ich schloß mit der Bilanz: »Vier unserer fünf Klienten sind also eingesammelt worden und Talbott ebenfalls. Wir sind in einer hübschen Klemme. Es bleibt uns nur eine Klientin. Dorothy Keyes; und es würde mich nicht wundern, wenn auch sie schon auf dem Weg ist, aus ihrem Gesichtsausdruck zu schließen, als sie hörte, wer . . . warten Sie eine Minute.«
Ich wurde durch einen weiteren Besucher, der den Raum betrat, unterbrochen. Es war Dorothy Keyes. »Ich rufe zurück«, raunte ich in den Hörer, legte auf und verließ meinen Stuhl.
Dorothy trat auf mich zu. Sie sah immer noch menschlich aus, möglicherweise sogar noch mehr. Ihr keckes Brauenheben war völlig verschwunden, ihre Gesichtsfarbe war aschgrau, und ihre

Augen waren vor Sorge zusammengekniffen.
»Ist Mr. Donaldson gegangen?« fragte ich sie.
»Ja.«
»Ein schlechter Tag, alles in allem. Jetzt hat man Miss Rooney und Wayne Safford eingelocht. Die Polizei scheint anzunehmen, daß die beiden in ihren Aussagen etwas übersehen haben. Ich teilte es Mr. Wolfe gerade mit, als Sie kamen . . .«
»Ich möchte ihn sprechen«, unterbrach sie mich.
»Wen? Mr. Wolfe?«
»Ja. Sofort.«
»Weswegen?«
Ich will verdammt sein, wenn ihre Brauen nicht hochschossen. Die Menschlichkeit, die ich gesehen zu haben glaubte, war nur oberflächlich.
»Das erkläre ich ihm selbst«, bestimmte sie und ließ mich links liegen. »Ich muß ihn sofort sprechen.«
»Das geht nicht, nicht sofort. Zwar können Sie mit einem Taxi dorthin rasen, aber Sie können ebensogut warten, bis ich zur 65. Straße gehe und meinen Wagen hole, da es bereits nach vier Uhr ist, und er oben bei den Orchideen weilt und Sie nicht vor sechs Uhr empfangen wird, auch wenn Sie nunmehr die einzige Klientin sind, die man noch nicht eingesperrt hat.«
»Aber es ist dringend.«
»Nicht für ihn, nicht vor sechs Uhr. Es sei denn, Sie wollen es mir anvertrauen. Mir ist der Zutritt oben gestattet. Wie steht's damit?«
»Nein.«
»Soll ich dann den Wagen holen?«
»Ja.«
Ich machte mich auf den Weg.

12

Um drei Minuten nach sechs Uhr gesellte sich Wolfe zu uns ins Büro. Noch ehe Dorothy und ich dort angelangt waren, hatte sie mir eindeutig bewiesen, daß sie bei mir in den Redestreik treten würde, denn unsere Unterhaltung während der Fahrt hatte nur aus der Bemerkung ihrerseits bestanden: »Passen Sie auf den Lastwagen auf!« und meiner Antwort: »Ich fahre den Wagen!«

Deshalb hatte ich sie auch während der einstündigen Wartezeit nicht einmal gefragt, ob sie einen Whisky haben wolle. Und als Wolfe aufgetaucht war und sie begrüßt und seinen Wanst im Sessel hinter seinem Schreibtisch untergebracht hatte, war das erste, was sie hervorstieß: »Ich möchte privat mit Ihnen sprechen.«

Wolfe schüttelte den Kopf. »Mr. Goodwin ist als mein Mitarbeiter in alle Geheimnisse eingeweiht. Wenn er es nicht von Ihnen erfährt, so würde er es bald von mir hören. Worum geht es?«

»Aber es ist sehr . . . persönlich.«

»Was unsere Besucher in diesem Raum äußern, ist immer persönlicher Natur. Was gibt's?«

»Ich kann mich an niemanden außer Ihnen wenden.« Dorothy saß in einem der gelben Stühle und beugte sich zu Nero Wolfe vor. »Ich weiß nicht, woran ich bin, und ich muß es herausfinden. Ein Mann will der Polizei mitteilen, daß ich meines Vaters Namen auf einem Scheck fälschte. Morgen früh.«

Ihr Gesicht mit den zusammengekniffenen Augen nahm wieder den menschlichen Ausdruck an.

»Stimmt das?« fragte Wolfe.

»Daß ich den Scheck fälschte? Ja.«

Ich hob meine Brauen.

»Erzählen Sie mir davon«, sagte Wolfe.

Alles war wirklich ganz einfach. Ihr Vater hatte ihr für den Lebensstil, an den sie sich gewöhnen wollte, nicht genug Geld gegeben. Vor einem Jahr hatte sie einen Scheck über dreitausend Dollar gefälscht; er hatte es natürlich entdeckt und ihr das Versprechen abgenommen, das nicht wieder zu tun. Kürzlich hatte sie einen weiteren gefälscht, dieses Mal über fünftausend Dollar, und ihr Vater hatte es sehr ernst genommen, doch, wäre ihm nie der drastische Gedanke gekommen, seine Tochter verhaften zu lassen.

Zwei Tage nach Aufdeckung des zweiten Verstoßes war er getötet worden. Er hatte seiner Tochter alles hinterlassen, hatte jedoch einen Rechtsanwalt namens Donaldson zum Testamentsvollstrekker eingesetzt, ohne zu wissen, daß dieser – nach ihrer eigenen Darstellung – sie haßte. Und jetzt hatte Donaldson den gefälschten Scheck unter Keyes' Papieren gefunden, mit einem Merkzettel in Keyes' Handschrift versehen. Er hatte Dorothy an diesem Nachmittag aufgesucht, um ihr zu eröffnen, daß es seine Pflicht sowohl als Bürger als auch als Rechtsanwalt in Anbetracht von Keyes' Todesursache sei, die Unterlagen der Polizei zu übergeben: Es wäre eine äußerst schmerzliche Pflicht – hatte er versichert –, aber er müsse eben die Zähne zusammenbeißen und es auf sich nehmen.

Ich will nicht behaupten, bei der Aufnahme dieser schmutzigen Einzelheiten hinter meinem Notizblock geschmunzelt zu haben, aber ich gestehe, daß es mir nicht schwerfiel, die Tränen zurückzuhalten.

Nachdem ihm jede in den Sinn gekommene Frage beantwortet worden war, lehnte sich Wolfe zurück und seufzte tief auf. »Ich kann verstehen«, murmelte er, »daß Sie sich gedrängt fühlten, diese Gewissensbürde von sich auf jemand anderen abzuwälzen. Doch selbst wenn ich sie Ihnen abnehme, was dann? Was fange ich damit an?«

»Ich weiß nicht.« Angeblich soll es die Menschen erleichtern, ihren Sorgen Luft zu machen, doch offenbar fühlte sich Dorothy dabei noch elender als zuvor. Sie hörte sich ebenso verloren an, wie sie aussah.

»Außerdem«, fuhr Wolfe fort, »was befürchten Sie? Das Vermögen und das Bankkonto gehören jetzt Ihnen. Es wäre Zeit- und Geldverschwendung für die Staatsanwaltschaft, zu versuchen, Sie deswegen zu belangen und vor Gericht zu stellen. Man würde es nicht einmal in Erwägung ziehen. Wenn Mr. Donaldson nicht gerade ein Idiot ist, weiß auch er das. Sagen Sie ihm das. Erzählen Sie ihm, daß ich ihn einen Dummkopf nenne.« Wolfe drohte ihr mit dem Finger. »Es sei denn, er glaubt, Sie töteten Ihren Vater, und will mit Hand anlegen, Sie auf den elektrischen Stuhl zu bringen. Haßt er Sie so sehr?«

»Er haßt mich«, stieß Dorothy rauh hervor, »noch viel mehr.«

»Warum?«

»Weil ich ihn einmal glauben ließ, daß ich ihn heiraten würde, er es überall ausposaunte, und ich dann meine Absicht änderte. Er hat starke Gefühle. Er liebte mich maßlos, und jetzt haßt er mich genauso maßlos. Er wird versuchen, mich in jeder nur möglichen Weise mit diesem Scheck zu treffen.«

»Dann können Sie ihn nicht daran hindern, genausowenig wie ich. Der gefälschte Scheck und das Merkblatt Ihres Vaters sind rechtmäßig in seinem Besitz, und nichts kann ihn davon abhalten, sie der Polizei zu zeigen. Reitet er?«

»O mein Gott«, stöhnte Dorothy hoffnungslos. Sie erhob sich. »Ich dachte, Sie hätten Verstand! Ich dachte, Sie wüßten, was ich tun kann!« Sie schlug den Weg zur Tür ein, drehte sich jedoch vorher noch einmal um. »Sie sind auch nur ein billiger Winkeladvokat! Ich werde mir die schmutzige kleine Ratte selbst vorknöpfen!«

Ich stand auf und geleitete sie durch den Flur zur Haustür, um mich zu vergewissern, daß die Tür ordentlich hinter ihr geschlossen wurde. Wieder im Büro und auf meinem Stuhl, schleuderte ich den Notizblock in eine Schublade und stellte fest: »Jetzt hat sie uns alle mit einem Etikett versehen. Ich bin ein Feigling, Sie ein Winkeladvokat, und der Testamentsvollstrecker ihres Vaters eine Ratte. Das arme Kind braucht Luftveränderung.«

Wolfe grunzte lediglich, aber es war ein gutgelauntes Grunzen, denn die Dinnerstunde rückte heran, und er gestattete es sich niemals, sich kurz vor einer Mahlzeit zu ärgern.

»Also«, schloß ich, »wird man sie, falls sie sich nicht noch heute einen neuen Streich ausdenkt, morgen mittag eingebuchtet haben, und sie war unser letzter Klient. Alle fünf eingebuchtet, und auch der Verdächtige, dem wir es nachweisen sollten. Ich hoffe, Saul und Orrie haben mehr Erfolg als wir. Ich bin bei einer Freundin zum Dinner eingeladen und anschließend zu einer Show, aber ich kann absagen, falls irgend etwas zu tun ist . . .«

»Nichts, danke.«

Ich stierte ihn an. »Aha, Saul und Orrie tun es?«

»Es gibt heute abend nichts für Sie. Ich bleibe hier und kümmere mich um die Angelegenheit.«

Ja, das würde er. Er würde dort sein, Bücher lesen, Bier trinken und Fritz auftragen, jedem Anrufer auszurichten, daß er beschäftigt sei. Es war nicht das erstemal, daß er einen Fall nicht der Mühe wert erachtete und ihn zum Teufel schickte. In solchen Fällen war es meine Aufgabe, ihn anzustacheln, bis er wieder auf den Beinen war, doch dieses Mal fand ich, daß Orrie Cather, wenn er sich schon den ganzen Nachmittag auf meinem Stuhl geräkelt hatte, auch ebensogut diese Arbeit für mich tun konnte. Deshalb beließ ich es dabei und ging auf mein Zimmer, um mich für den Abendbummel auszustaffieren.

Es war in jeder Hinsicht ein gelungener Abend. Lily Rowans Dinner war – wenn auch nicht ganz dem Niveau, zu dem Fritz meinen Gaumen erzogen hatte, entsprechend – immer gut. Das gleiche galt für die Varietédarbietung und die Tanzkapelle im Flamingo-Club, den wir später aufsuchten, um miteinander vertrauter zu werden, da wir uns schließlich erst seit sieben Jahren kannten. Alles in allem kam ich nicht vor drei Uhr nach Hause und

machte meinen üblichen Abstecher ins Büro, um am Türgriff des Safes zu rütteln und einen Blick in die Runde zu werfen. Wenn es etwas für mich gab, hinterließ mir Wolfe immer eine Botschaft unter einem Briefbeschwerer auf meinem Schreibtisch, und dort lag auch ein Blatt seines Blocks mit seiner feinen zierlichen Handschrift, die genauso wie Druckschrift zu entziffern war.
Ich las:

A.G.: Ihre Arbeit im Fall Keyes ist sehr zufriedenstellend gewesen. Jetzt, da er gelöst ist, können Sie morgen, wie vereinbart, sich zu Mr. Hewitts Wohnung auf Long Island begeben, um Pflanzen abzuholen. Theodore wird die Kästen für Sie bereithalten. Vergessen Sie nicht, auf die Belüftung zu achten. N. W.

Ich las es noch einmal durch und suchte auf der Rückseite nach weiteren Schriftfragmenten, doch sie war leer.
Ich setzte mich an meinen Schreibtisch und wählte eine Nummer. Keiner meiner engsten Freunde oder Feinde war anwesend, aber ich bekam einen mir bekannten Sergeanten namens Rowley an die Strippe und fragte ihn: »Betrifft den Fall Keyes. Brauchen Sie da irgend etwas, was Ihnen noch fehlt?«
»He?« Er hörte sich immer heiser an. »Es fehlt an allem. Schicken Sie es per Nachnahme!«
»Mir wurde erzählt, Sie hätten ihn eingemottet.«
»Ach, legen Sie sich aufs Ohr.«
Er hatte aufgelegt. Ich grübelte einen Augenblick und wählte erneut eine Nummer, die Nummer des Büros der *Gazette*. Lon Cohen war heimgegangen, aber einer der Reporter teilte mir mit, daß – soweit sie wußten – der Fall Keyes immer noch im entlegensten Regalwinkel Staub ansetzte.
Ich zerknitterte Wolfes Zettel, warf ihn in den Papierkorb und murmelte: »Der verwünschte Schwindler.« Dann ging ich zu Bett.

13

Am Donnerstagmorgen deutete nichts in den Zeitungen darauf hin, daß im Fall Keyes irgend jemand die geringsten Fortschritte in der hitzigen Jagd auf den Mörder gemacht hätte.
Und ich brachte den ganzen Tag, von zehn bis sechs Uhr, damit

zu, Lewis Hewitt auf Long Island zu besuchen und dabei zu helfen, zehn Dutzend Orchideenpflänzchen auszuwählen, zu säubern, zusammenzupacken und zurückzufahren. Ich rauchte nicht vor Wut, aber Sie können sich meine Gemütsverfassung vorstellen; und auf dem Heimweg, als mich ein Polizist nahe der Queensboro-Brücke anhielt und sich tatsächlich dazu herabließ, mich zu fragen, wo es denn brenne, mußte ich mir auf die Zunge beißen, um nicht einen höhnischen Witz zu reißen.

Als ich den letzten Pflanzenkarton die Vortreppe hinaufschleppte, erlebte ich eine Überraschung. Ein mir gut bekannter Wagen mit einem Polizeizeichen rollte an den Bordstein, parkte hinter der Limousine, und ihm entstieg Inspektor Cramer.

»Was hat Wolfe jetzt wieder?« fragte er und erklomm die Stufen zu mir herauf.

»Ein Dutzend Zygopetalum«, versetzte ich kühl, »ein Dutzend Renanthera, ein Dutzend Odontoglossum . . .«

»Lassen Sie mich vorbei«, herrschte er mich grob an.

Ich ließ ihn.

Um herauszustreichen, daß ich jetzt Laufbursche und kein Detektiv mehr war, mußte ich Theodore weiter dabei helfen, die Orchideen nach oben zu befördern. Ich biß also die Zähne zusammen und setzte dazu an, doch dauerte es nicht lange, und Wolfes Stimme dröhnte aus dem Büro: »Archie!«

Ich folgte seinem Ruf. Cramer saß im roten Ledersessel, eine unangezündete Zigarre zwischen seinen Lippen, die sich durch den Biß seiner Zähne zur Decke hin deutete. Wolfe, dessen zusammengekniffene Lippen darauf hindeuteten, daß er sich einer stummen Wut erfreute, starrte ihn stirnrunzelnd an.

»Ich leiste wichtige Arbeit«, sagte ich schroff.

»Das kann warten. Schaffen Sie Mr. Skinner ans Telefon. Falls er nicht im Büro ist, rufen Sie ihn zu Hause an.«

Ich wäre noch viel weitergegangen, wäre Cramer nicht im Büro gewesen. Doch wie die Dinge standen, schnaubte ich nur verächtlich, als ich zu meinem Schreibtisch ging und die Wählscheibe betätigte.

»Schluß damit!« bellte Cramer wild.

Ich ließ mich nicht stören.

»Ich sagte aufhören!«

»Es ist gut, Archie«, gebot Wolfe mir. Ich drehte mich um und sah, wie Wolfe den Inspektor noch immer finster anstierte, doch hatten sich seine Lippen entspannt. Er gebrauchte sie zu den

Worten: »Ich verstehe nicht, Mr. Cramer, was Sie noch mehr verlangen können als die Wahl, die ich Ihnen anbiete. Wie ich Ihnen schon am Telefon sagte: Geben Sie mir Ihr Wort, mit mir nach meinen Bedingungen zusammenzuarbeiten, und ich werde Ihnen auf der Stelle alles bis in die kleinste Einzelheit darlegen. Oder Sie verweigern mir Ihr Wort – das ist die andere Möglichkeit –, dann frage ich Mr. Skinner, ob die Staatsanwaltschaft vielleicht gern mit mir zusammenarbeiten würde. Ich garantiere lediglich, daß kein Schaden angerichtet wird, doch erwarte ich auch, daß der Fall abgeschlossen wird. Ist das kein reelles Angebot?«
Cramer knurrte wie ein Tiger im Käfig, den man mit einem Stock reizt.
»Ich verstehe nicht«, seufzte Wolfe, »warum ich mich mit Ihnen abplage. Mr. Skinner würde mit beiden Händen zupacken.«
Cramers Knurren formte sich zu Worten. »Wann findet es statt, heute abend?«
»Wie gesagt, bekommen Sie die Einzelheiten erst, wenn ich Ihr Versprechen habe, aber soviel sollen Sie erfahren: Es wäre morgen früh, hängt jedoch von der Lieferung eines Päckchens ab, das ich erwarte – übrigens, Archie, Sie haben den Wagen doch nicht in die Garage gestellt?«
»Nein, Sir.«
»Gut. Wir werden später, wahrscheinlich gegen Mitternacht, zum Flugplatz fahren müssen, um etwas abzuholen. Es hängt alles von dem Flugzeug ab, Mr. Cramer. Falls es erst morgen eintrifft, müssen wir es bis auf Sonnabendmorgen verschieben.«
»Wo? Hier in Ihrem Büro?«
Wolfe schüttelte den Kopf. »Das ist eine der Einzelheiten, die Sie erhalten werden. Verwünscht, meinen Sie, ich scherze?«
»Sie können mich hängen, ich weiß es nie. Sie sagten, Sie würden sich mit meinem Wort begnügen. Warum nicht mein Wort, daß ich entweder mitspiele oder vergesse, je davon gehört zu haben?«
»Nein. Archie, rufen Sie Mr. Skinner an!«
Cramer stieß ein Wort hervor, das nur für Männerohren bestimmt war. »Sie und Ihre verdammten Scharaden«, meuterte er erbittert. »Warum plagen Sie sich mit mir ab? Sie wissen verteufelt gut, daß ich Ihnen nicht erlauben werde, den Tip der Staatsanwaltschaft weiterzugeben – wenn Sie ihn wirklich haben. Das wäre nicht das erste Mal. Okay, zu Ihren Bedingungen.«
Wolfe nickte. Das Funkeln in seinen Augen blitzte auf und verlosch so schnell, daß es selbst mir beinahe entgangen wäre.

»Ihren Notizblock, Archie. Es ist ziemlich verwickelt, und ich bezweifle, daß wir vor dem Dinner damit fertig werden.«

14

»Ich erkläre es Ihnen mit Vergnügen«, bot ich Officer Hefferan an, »wenn Sie vom Pferd steigen und sich auf eine Höhe mit mir begeben. Das ist demokratischer. Soll ich mir eine Genickstarre holen, wenn ich mich zu Ihnen hochrecke?«
Ich gähnte ausgiebig, ohne es zu verbergen, da es um mich herum nur die freie Natur und einen berittenen Polizisten gab. Um sieben Uhr früh aus dem Bett und angezogen zu sein, gefrühstückt zu haben und schon draußen an der Arbeit war zwar kein Seltenheitsrekord, doch eine außergewöhnliche Leistung für mich; und ich war drei Nächte hintereinander spät schlafen gegangen: Dienstag war das Kliententreffen, Mittwoch der Bummel mit Lily Rowan und Donnerstag die Fahrt zum La-Guardia-Flughafen, um das Paket aus dem Flugzeug, das planmäßig gelandet war, zu empfangen.
Hefferan stieg von seinem hohen Roß und stand auf gleicher Höhe mit mir. Wir hatten uns auf der Kuppe der kleinen Anhöhe im Central-Park, zu der er mich damals, als ich seine Bekanntschaft machte, geführt hatte, aufgestellt. Eine kleine Brise schäkerte mit den Blättern an Bäumen und Büschen, und die Vögel hüpften und sprangen umher und besprachen ihre Pläne für den Morgen.
»Ich tue nichts weiter«, machte mir Hefferan klar, »als meinen Befehlen zu gehorchen. Mir wurde aufgetragen, Sie hier zu treffen und Ihnen zuzuhören.«
Ich nickte. »Und Sie waren nicht scharf darauf. Ich auch nicht, Sie halsstarriger Kosak, aber ich habe ebenfalls meine Anordnungen. Der Plan sieht so aus: Wie Sie wissen, steht dort hinter jenem Wäldchen« – ich wies mit dem Finger –, »ein Geräteschuppen. Vor dem Schuppen hält einer Ihrer Kollegen Keyes' Fuchs, der gesattelt und gezäumt ist, am Zügel. Drinnen im Schuppen sind zwei Frauen namens Keyes und Rooney, und vier Männer namens Pohl, Talbott, Safford und Broadyke versammelt, und auch Mr. Cramer mit einer Abteilung seiner Leute. Eine der sechs Zivilpersonen, durch geheime Abstimmung ausgewählt, wechselt in diesem Augenblick seine oder ihre Kleider, zieht hellgelbe Reit-

hosen und eine blaue Jacke an – dieselbe Ausrüstung, die Keyes trug. Unter uns beiden und Ihrem Pferd – die Auswahl war eine abgekartete Sache, von Inspektor Cramer eingefädelt. Wie Keyes gekleidet, wird der Ausgewählte Keyes' Pferd besteigen und mit vorgebeugten Schultern und zu langen Steigbügeln die Strecke des Reitpfades entlangreiten, wird Sie erblicken und seine oder ihre Reitpeitsche Ihnen grüßend zuschwenken. Ihre Aufgabe besteht darin, ein ehrlicher Mann zu sein. Stellen Sie sich vor, daß nicht ich Ihnen dieses sage, sondern jemand, den Sie innig lieben, wie zum Beispiel den Polizeikommissar. Man verlangt von Ihnen, sich zu erinnern, wirklich mehr an dem Pferd als an dem Reiter interessiert gewesen zu sein und sich selbst die Frage vorzulegen, ob Sie tatsächlich Keyes an jenem Morgen erkannt haben wollen oder nur das Pferd und die Ausstaffierung.«

Ich drang ernsthaft in ihn. »Und, um Himmels willen, verraten Sie mir keine Silbe! Heben Sie sich alles für Ihre Vorgesetzten auf. Eine Menge hängt von Ihnen ab, was vielleicht bedauerlich, aber nicht mehr zu ändern ist.

Hoffentlich kränkt es Sie nicht, wenn ich Ihnen die theoretische Grundlage auseinandersetze: Der Mörder, wie Keyes gekleidet, doch in einen Überzieher gehüllt, wartete um halb sieben weiter nördlich hinter jenem Dickicht, als Keyes zuerst in den Park ritt und auf den Reitpfad gelangte. Hätte er Keyes, selbst aus kurzer Entfernung, aus dem Sattel geschossen, hätte das Pferd gescheut, deshalb trat er vor, hielt Keyes an und griff in die Zügel, ehe er abdrückte. Eine einzige Kugel für ein Opfer. Dann schleifte er die Leiche hinter das Dickicht, wo sie vom Reitpfad aus nicht sichtbar war, da ein weiterer Frühaufsteher entlanggeritten kommen konnte, zog seinen Überzieher – oder vielleicht einen dünnen Regenmantel – aus und stopfte ihn unter seine Jacke, bestieg das Pferd und schickte sich zu einem Ritt durch den Park an. Er nahm sich Zeit, um sich an Keyes' übliche Zeiteinteilung zu halten. Dreißig Minuten später, als er sich jenem Fleck näherte« – ich deutete auf die Stelle, wo der Reitpfad hinter den Bäumen auftauchte –, »bemerkte er Sie entweder hier oben oder wartete, bis er Sie sehen konnte, ritt dann den Weg entlang und hob die Reitgerte zu seinem üblichen Gruß. Doch kaum war er am anderen Ende der Strecke außer Sicht, handelte er. Er stieg vom Pferd, ließ es dort einfach stehen, da er wußte, daß es allein zum Parkausgang zurückfinden würde, und machte sich schleunigst davon – entweder zu einer Bushaltestelle auf der Fifth Avenue oder zur Untergrundbahn, je nachdem, wo er hinwollte. Es ging darum, das Alibi so schnell wie möglich aufzubauen, da er nicht sicher sein konnte, wie bald das Pferd entdeckt und man nach Keyes suchen würde. Aber im schlimmsten Fall hatte er bewiesen, daß Keyes hier auf dem Reitpfad um zehn Minuten nach sieben noch lebte, während seine Leiche viel weiter nördlich gefunden würde.«

»Ich glaube«, versetzte Hefferan steif, »daß ich laut Protokoll Keyes hier gesehen habe.«

»Streichen Sie's«, drängte ich ihn. »Löschen Sie es aus. Machen Sie Ihr Gedächtnis zu einem unbeschriebenen Blatt, was wohl nicht schwer . . .« Ich biß mir auf die Zunge, um nicht undiplomatisch zu sein, und warf einen Blick auf meine Armbanduhr. »Es ist neun Minuten nach sieben. Saßen Sie an jenem Morgen im Sattel oder standen Sie?«

»Ich saß zu Pferd.«

»Dann steigen Sie jetzt besser auf. Wir wollen peinlich genau sein – aufs Pferd! Dort kommt er!«

Ich gestehe, daß der Kosak wußte, wie man aufsitzt. Er saß schneller im Sattel, als ich einen Fuß im Steigbügel gehabt hätte, und hatte seinen Blick auf das Ende des Reitpfades – dort, wo er hinter den Bäumen hervorkam – gerichtet. Ich gestehe ebenfalls, daß der Fuchs von hier aus prächtig aussah. Er war sehnig, aber nicht dürr, hatte eine stolz geschwungene Mähne und besaß, wie Hefferan bemerkt hatte, eine hervorragende Sprungkraft. Ich kniff die Augen zusammen, um die Gesichtszüge des Reiters genau zu erkennen, aber bei der Entfernung war das unmöglich. Das Blau der Jacke, ja, und das Gelb der Reithosen und die vorgebeugten Schultern, aber nicht das Gesicht.

Hefferan gab keinen Laut von sich. Als sich der Reiter dem Ende der offenen Strecke näherte, strengte ich wiederum meine Augen an, in der Hoffnung, daß etwas geschehen würde, da ich wußte, was ihn hinter der scharfen Kurve am Ende der Strecke erwartete – nämlich vier berittene Polizisten Seite an Seite.

Etwas geschah dann auch, blitzschnell und nicht ganz vorausberechnet. Der Fuchs war nicht länger als eine halbe Sekunde hinter der Kurve außer Sicht, als er schon wieder im Galopp zurückkam, ohne den stolzen Schwung seiner Mähne. Doch er, oder sein Reiter, hatte genug von dem Reitpfad. Zehn Sprünge diesseits der Kurve machte das Pferd einen scharfen Satz zur Seite und stob nach links davon. Ein herrlicher Satz auf den Rasen, und dann blindlings mit erhobenem Schweif geradeaus nach Osten, zur

Fifth Avenue hin. Gleichzeitig schoß das Quartett der Polizisten zu Pferde vorbei, als hätte man zur Attacke geblasen. Als sie merkten, was der Fuchs getan hatte, versteiften sich plötzlich die Beine ihrer Pferde, glitten ein gutes Stück im losen Schlamm aus, wendeten dann auf der Hinterhand, um die Verfolgung aufzunehmen.

Schreie tönten von einem kleinen Haufen herüber, der aus dem Wäldchen, das den Geräteschuppen verbarg, gelaufen kam. Und Hefferan ließ mich stehen. Der Schenkel seines Pferdes streifte meine Schulter, als es sich in Bewegung setzte, und Rasenstücke stoben durch die Luft, als es den Abhang hinunterhetzte, um sich der Jagd anzuschließen. Von Osten her erscholl der Knall von Gewehrschüssen, und das gab mir den Rest. Ich hätte ein Jahresgehalt, alles, selbst ein Königreich für ein Pferd gegeben, aber da ich keines besaß, schied ich sowieso aus dem Spiel aus.

Den Hang abwärts zum Reitpfad hinunter brach ich Rekorde, doch auf der anderen Seite ging es bergauf, und außerdem mußte ich Bäumen und Büschen ausweichen und Zäune überspringen. Ich machte keine Umwege auf der Suche nach Kreuzwegen, sondern strebte schnurstracks auf den Lärm zu, der von Osten her drang, und eine weitere Salve Schüsse in sich schloß. Seltsam, so besessen ich war, Boden zu gewinnen, so hoffte ich doch, daß sie den Fuchs nicht treffen würden. Endlich war die Parkeinfriedung in Sicht, aber ich konnte keine Leute entdecken, obgleich die Geräusche lauter und näher schienen. Direkt vor mir lag die Steinmauer, die den Park umgab. Unschlüssig, welchen Weg ich zu dem nächstgelegenen Ausgang einschlagen sollte, eilte ich auf die Mauer zu, erklomm sie, blieb keuchend darauf stehen und blickte um mich.

Ich befand mich an der Kreuzung 65. Straße und Fifth Avenue. Einen Häuserblock von mir entfernt herrschte ein derartiger Tumult auf der Avenue, daß sie vollkommen blockiert war. Wagen, meistens Taxis, drängten sich an den Straßenrändern der Kreuzung, und die Fußgänger strömten aus allen Richtungen herbei. Ein Bus hatte angehalten, und die Fahrgäste stürzten heraus. Doch die Pferde überragten alles. Mir war, als ob ich dort eine unheimliche Menge Pferde entdecken könnte, doch waren es wahrscheinlich nicht mehr als sechs oder sieben. Es waren alles rotbraune Pferde, bis auf den Fuchs, und als ich die Straße entlang der Menge entgegenrannte, war ich froh, daß er gesund und unversehrt zu sein schien. Sein Sattel war leer.

Ich bahnte mir einen Weg durch zur Mitte, als einer der Uniformierten mich am Arm packte; und ich will verdammt sein, wenn nicht Officer Hefferan ausrief: »Lassen Sie ihn durch, das ist Nero Wolfes Handlanger, Goodwin!« Ich hätte mich gern herzlich bei ihm bedankt, hatte jedoch nicht genug Atem zum Sprechen. So stieß ich mich lediglich weiter vor und ließ meine Augen umherstreifen, um so meine Neugierde zu befriedigen.
Victor Talbott, in blauer Jacke und gelben Reithosen, offensichtlich genauso heil und unversehrt wie der Fuchs, hatte an jedem Arm einen Staatsbeamten hängen. Sein Gesicht war schmutzbedeckt, und er sah müde aus.

15

»Es wird Sie freuen zu erfahren«, bemerkte ich zu Wolfe später an jenem Nachmittag, »daß keine dieser Rechnungen, die wir an unsere Klienten schicken, mit der Anschrift ›zur Zeit im Untersuchungsgefängnis‹ versehen werden muß. Es wäre auch zu peinlich gewesen.«
Es war kurz nach sechs, Wolfe hatte die Gewächshäuser verlassen und hatte ein Bier vor sich stehen. Ich saß hinter meiner Schreibmaschine und stellte die Rechnungen aus.
»Broadyke«, fuhr ich fort, »gibt vor, lediglich Entwürfe, die ihm angeboten wurden, gekauft zu haben, ohne zu wissen, woher sie stammten, und er kommt wahrscheinlich damit durch. Dorothy ist mit Pohl zu einer Einigung gelangt und wird nicht auf einer Klage bestehen. Und was sie selbst betrifft, so gehört ihr jetzt sowieso alles, wie Sie feststellten, also was kann schon passieren. Und Safford und Audrey können nicht für einen unschuldigen Ritt im Park gerichtlich belangt werden, selbst wenn sie ihn in ihren Aussagen verschwiegen, um Schwierigkeiten zu vermeiden. Übrigens, falls Sie sich wundern, warum die Gesellschaft fünfzehn Prozent unseres Honorars einem Stallknecht zuteilte: Er ist gar kein Stallknecht. Ihm gehört die Reitakademie. Also ist Audrey, beim Henker, ganz und gar nicht schlecht davongekommen, im Gegenteil. Sie werden sich wahrscheinlich im Sattel trauen lassen.«
Wolfe grunzte. »Das wird ihre Chancen kaum verbessern.«
»Sie sind mit Vorurteilen gegen die Ehe behaftet«, rügte ich ihn.

»Ich möchte selbst eines Tages mein Glück versuchen. Schauen Sie sich Saul an, wie ein Zelt angepfählt, aber vollkommen glücklich. Apropos Saul: Warum haben Sie Geld damit vergeudet, ihn und Orrie New Yorker Schneider anrufen und besuchen zu lassen?«

»Es war nicht vergeudet«, bellte Wolfe. Er kann es nicht vertragen, wenn man ihn der Geldverschwendung zeiht. »Es bestand eine winzige Aussicht, daß Mr. Talbott dumm genug gewesen war, sein Reitkostüm hier in New York anfertigen zu lassen. Die größere Wahrscheinlichkeit war natürlich eine der Städte, die er erst kürzlich besucht hat, und die beste von allen war die am weitest entfernt liegende. Deshalb telefonierte ich zuerst mit Los Angeles, und die Südwest-Agentur setzte fünf Männer auf die Fährte. Saul und Orrie machten sich auch noch anderweitig nützlich. Saul erfuhr zum Beispiel, daß Mr. Talbotts Hotelzimmer so gelegen war, daß Talbott, wenn er morgens die Treppe und einen Seiteneingang benutzte, mit Leichtigkeit das Hotel verlassen und zurückkommen konnte, ohne entdeckt zu werden.« Wolfe schnaubte. »Ich bezweifle, daß Mr. Cramer diesen Umstand auch nur in Erwägung zog. Warum sollte er? Er hatte der Aussage jenes Polizisten, der Mr. Keyes um zehn Minuten nach sieben lebend und gesund zu Pferd gesehen haben wollte, Glauben geschenkt.«

»Eins zu null für Sie«, pflichtete ich ihm bei. »Zugestanden, es war der Mörder gewesen und nicht Keyes, den der Polizist lebend und gesund im Sattel sah, warum tippten Sie aber sofort auf Talbott?«

»Das war nicht ich, das waren die Umstände. Die Maskerade, falls es eine solche gab, konnte keinem außer Mr. Talbott dienlich gewesen sein, da ein Alibi für jene Zeit und jenen Ort für alle anderen nutzlos gewesen wäre. Auch der Gruß, den er mit dem Polizisten aus der Entfernung wechselte, war ein wesentlicher Bestandteil des Plans, und nur Mr. Talbott, der oft mit Mr. Keyes ausritt, hatte wissen können, daß hier eine Gelegenheit für ein Alibi geboten wurde.«

»Okay«, räumte ich ein, »und Sie riefen Pohl an, um zu erfahren, in welchen Städten sich Talbott in letzter Zeit herumgetrieben hatte. Mein Gott, Pohl ist wirklich eine Hilfe gewesen! Übrigens, die Südwest-Agentur hat ihren Brief mit der Rechnung per Luftpost geschickt, ich vermute deshalb, daß sie einen Scheck wollen. Ihr Anteil der Kosten ist recht vernünftig, aber dieser Schneider verlangt 300 Dollar für die Anfertigung einer blauen Jacke und

eines Paares gelber Reithosen!«
»Die unsere Klienten bezahlen werden«, versetzte Wolfe ungerührt. »Das ist nicht übertrieben. Es war fünf Uhr nachmittags, als sie ihn aufstöberten, und er mußte erst überredet werden, die Nacht durchzuarbeiten, um den früheren Auftrag zu kopieren.«
»Okay«, räumte ich nochmals ein, »ich gebe zu, es mußte eine genaue Nachahmung sein, mit dem Firmenschild und allem, um diesem Burschen einen Schrecken einzujagen. Er hatte Nerven. Um sechs Uhr erhält er seinen Anruf im Hotel, bittet, ihn noch einmal um 7 Uhr 30 zu wecken, schleicht sich, ohne gesehen zu werden, auf die Straße, führt seinen Plan aus und gelangt zur rechten Zeit in sein Hotelzimmer zurück, um den Anruf um 7 Uhr 30 entgegenzunehmen. Und vergessen Sie nicht, er hatte sich gleich von Anfang an, als er Keyes um halb sieben erschoß, bloßgestellt. Von da an mußte er seinen Zeitplan genau einhalten! Allerhand Schneid.«
Ich erhob mich und reichte Wolfe die Rechnungen einschließlich der Spesenaufstellung zur Überprüfung.
»Wissen Sie«, bemerkte ich und setzte mich wieder, »das ging hart an einem Nervenschock vorbei, heute morgen dort draußen. Als er dazu auserwählt wurde, Keyes' Rolle zu spielen, muß ihn das doch etwas unsicher gemacht haben. Dann wird er in den Nebenraum zum Umziehen geführt, und man reicht ihm eine Schachtel mit der Aufschrift ›Cleever, Hollywood‹. Er öffnet sie, und vor ihm liegt eine Ausrüstung, haargenau die gleiche, die er selbst hatte anfertigen lassen und die er sich irgendwie zusammen mit der Waffe vom Hals geschafft hatte. Auch das gleiche Firmenschild in der Jacke: ›Cleever, Hollywood‹. Ich wundere mich, daß er es fertigbrachte, sie anzuziehen und zuzuknöpfen, hinauszugehen und in den Sattel zu steigen. Er hatte wirklich Nerven. Ich nehme an, er hatte vor, einfach weiterzumachen, aber als er um die Kurve kam und die vier berittenen Polizisten vor sich sah – hopp, gingen seine Nerven durch, und ich verarge es ihm nicht. Ich gestehe, daß ich nicht die geringste Ahnung hatte, als ich Ihnen die Städteliste, die mir Pohl gegeben hatte, am Telefon vorlas . . . Hilfe! Meine Güte!«
Wolfe sah auf. »Was ist los?«
»Geben Sie mir die Spesenaufteilung zurück! Ich habe die fünfundneunzig Cents für Pohls Sandwiches vergessen!«

Inhalt

Der neue De Mille – für die Leser von »An den Wassern von Babylon« und »Mayday«

416 Seiten / Leinen

Scherz

De Mille beweist mit diesem Roman erneut seine Meisterschaft, menschliche Konflikte von historischen Dimensionen so zu verdichten, daß sie ein Maximum an Spannung erreichen.

Sterne lügen nicht!

430 Seiten
Leinen

Scherz

Was die Sterne über unsere Männer, Frauen, Liebsten, Kinder, Vorgesetzten, Angestellten und über uns selbst zum Vorschein bringen.

»Die bekannte Astrologin hat hier die Menschen mit viel Sachkenntnis, sprühendem Witz und psychologischem Fingerspitzengefühl bis in die verstecktesten Winkel ihrer Seele untersucht. Man findet sich selbst und seine Mitmenschen mit einer unglaublichen Bildhaftigkeit und äußerst präzise gespiegelt.«
Hessischer Rundfunk